猫の手、貸します

猫の手屋繁盛記

かたやま和華

集英社文庫

目次

迷子地蔵　7
鳴かぬ蛍　97
思案橋から　177

猫の手、貸します

猫の手屋繁盛記

迷子地蔵

一

人には、それぞれ足音というものがある。

体格や性格、あるいは育ちなどによって、さやさやとした衣擦《きぬず》れの音しか立てない者もいれば、覇気なく踵《かかと》を引きずって歩く者、わざと踵から着地するような猛々《たけだけ》しい音を立てて歩く者など、その聞きなしや実に千差万別。

くしゃみひとつから夜の営みの声まで、向こう三軒両隣の音という音が漏れ聞こえる九尺二間の裏店《うらだな》に暮らしていると、こうした歩き方の違いをいつしか聞き分けられるようになるものだ。腰高障子を開けていちいち外の様子を確認しなくても、足音ひとつで店子《たなこ》の誰々が出かけるようだ、帰ってきたらしい、と長屋内の大方のことがわかるわけである。

日本橋長谷川町《にほんばしはせがわちょう》三光稲荷《さんこういなり》並びの三日月長屋に住む近山宗太郎《ちかやまそうたろう》も、裏店暮らしをはじめて半年が経《た》ち、ようやく耳が利くようになってきていた。

「もっとも耳が利くようになったのは、この業《ごう》の深い身体《からだ》のせいもあろうか」

宗太郎は独りごちると、毛深い手に鋭い爪を立て、三つ鱗《みうろこ》の形をした耳の後ろをぽりぽりと掻《か》いた。松葉に似たひげをひょこひょことうごめかして、しっぽりと濡《ぬ》れた鼻から深く息を吸う。

季節は春爛漫《らんまん》。三光稲荷の境内に咲く一本桜の蘂《しべ》はとうに落ち、ひと雨ごとに葉桜が色を濃くしつつある今日このごろ。

半年前には、こうした奇妙奇天烈《きてれつ》な姿に身をやつして、慣れぬ裏店暮らしを送ることになろうとは思いもしなかった。早く元のおのれに戻りたいが、いや、戻れると信じて、今はひたすら善行を積む日々を送るほかあるまい。

「それには、まずは目先の仕事をこなすことであろう」

うむ、と気合を入れて、宗太郎は止まっていた手を動かした。

今日は朝から、虫籠作りの内職に精を出していた。もうあと三つ、四つ作ったら、夕飯の支度を始めようかという時分になって、

「む。このせかせかした歩き方は……、お軽《かる》どのか」

つんのめるようなせわしない足音が近づいてくるのに気づいた宗太郎は、竹ひごをしごきながら腰高障子が開くのを待った。

「ちょいと、猫太郎さん！　お前さんの〝猫の手〟を貸しておくれ！」

「お軽どの、それがしの名前は猫太郎ではないのですが」

暮れなずむ春の空を背にして現れたのは、宗太郎が聞きなしたとおり、手拭いを姉さん被《かぶ》りにしたお内儀だった。

三日月長屋の表店《おもてだな》で、煮物でも和《あ》え物でもなんでもひと皿八文という安値で饗《きょう》する縄暖簾《なわのれん》なん八屋《ぱち》つるかめの女将《おかみ》のお軽である。

お軽は八歳になる娘を筆頭に、五歳、四歳、二歳のわんぱく坊主を育てる肝《きも》っ玉《たま》母さんだ。若いころは鶴のように小股の切れ上がった評判の小町娘だったらしいが、今では腰回りの肉付きがずいぶんとよくなり、どことなく鶉《うずら》を彷彿《ほうふつ》とさせるずんぐりむっくりした立ち姿のため、あけすけな店子たちからはうずらかめの女将と呼ばれている。

「猫太郎さんに、その度胸がないってんなら、あたしに刀を貸しておくれ！　あぁ、そうさ、あたしがあんな宿六叩《やどろくたた》き斬《き》ってやるよ！」

「なんとも物騒な」

いきり立つお軽がいつ土間から駆け上がって来るともわからないので、宗太郎はせっかく作った虫籠を壊されないように、そっと四畳半の隅へと動かした。

「それで、宿六というのは、ご亭主の三郎太《さぶろうた》どののことで？」

「何が亭主さ！　あの宿六、ろくに働きもしないで、女の尻ばかり追いかけてるんだから腹立たしいったらないよ！　今日もね、昼前から姿が見えないと思ったら、どこにしけこんでたと思う？」

「はてさて」

「両国《りょうごく》の矢場で遊んでたって言うじゃないのさ！」

「やば？」

「矢場だよ、矢場。楊弓場《ようきゆうば》のことだよ」

「ほうほう、弓術とは殊勝な心がけですね」

「殊勝なもんかい！」

いっそ小気味いいくらいのお軽の一喝に前後して、今度はタッタッと地面を蹴り上げるような足音が聞こえてきた。

「むむ、このはしこい身のこなしは……」

と、宗太郎が聞きなすより早く、土間に調子のいい声が飛びこんでくる。

「なんでい、猫先生は矢場も知らねぇんですかい？」

「三郎太どの、それがしの名前は猫先生ではないのですが」

青々と剃《そ》りあげた月代《さかやき》がいなせな、お軽の亭主である三郎太のおでましだった。

「猫先生も、ちったぁ遊びってもんを覚えたほうがいいっすよ。今度、おいらが連れて行って差しあげますぜ」

「弓術のご指南とは、ありがたい」

宗太郎が三郎太にかしこまった礼を述べると、またぞろお軽の一喝がとどろく。

「あんた、ヘンな遊び教えるんじゃないよ！　猫太郎さんはね、あんたみたいな糸瓜野《へちま》郎がつるんでいい猫じゃないんだよ！」

「お軽どの、それがしは猫太郎でも猫でもなく」

「わかってねぇなぁ、猫先生だって男だろう。猫野郎だろう」

「三郎太どの、それがしは猫先生でも猫野郎でもなく」

と、宗太郎が律儀に何度も突っこみを入れても、そのつどかわされ、お軽と三郎太の言い争いは留まることを知らない。

三郎太は、お軽より五つ年下のいかにも女好きのする色男だ。お軽いわく、ふたりは腐れ縁の仲なのらしい。

長谷川町の西隣にある新乗物町《しんのりものちょう》の回り髪結いの三男坊として生まれた三郎太は、女のように白く長い指をしている。まさに職人になるための手だ。人一倍器用だったこともあり、父親は期待をこめて自分の師匠のもとへ奉公に出したそうだが、残念なことに人一倍飽きっぽい性格でもあったため、三郎太はすぐ飛び出してしまった。

その後、いくつもの髪結い床《どこ》を転々としたが、長続きしない。そのうち、同じように飽きっぽい連中とつるんで賭場《とば》に入り浸るようになってしまった。

一端《いっぱし》の遊び人を気取ってあちこちに金の無心をするようになった三郎太を、家族や町の人々は見放した。どら者につける薬はないよ、とそれこそ塩をまかれかねない扱いの中で、ただひとり見放さなかったのは小さいころから何かと三郎太の世話を焼いていた、幼馴染《おさななじ》みのお軽だけ。

『だって、あの人、何かって言うとはんぺんみたいな顔で泣きついてくるんだもの。ほうっておけないじゃないのさ』

というのが、お軽の言い分だ。はんぺんみたいな顔、がどういう顔なのかは判然としないが、おそらくは三郎太の白い肌と、のっぺりと整った目鼻立ちからくるものなのだろうと宗太郎は解釈している。

その顔に参ってしまっているのか、単に面倒見がいいだけなのか、宗太郎に女心はよくわからないが、なんにしてもお軽は三郎太と所帯を持った。もう少し平たく言ってしまうならば、なん八屋つるかめのひとり娘であるお軽のところに、三郎太がちゃっかり入《い》り婿《むこ》として転がりこんできたのだそうだ。

以来、ふたりの間では喧嘩《けんか》が絶えない。宗太郎が三日月長屋に引っ越してきてからも、連日、ご覧のありさまだった。

「今日という今日は堪忍袋の緒が切れたよ！　猫太郎さん、お前さんの〝猫の手〟でこの宿六を成敗しておくれ！」

「落ち着いて、お軽どの。それがしは、よろず請け負い稼業をしてはいますが、成敗とは穏やかではありませんね」

「ごくつぶしを成敗して何が悪いのさ！」

袖をたくし上げるお軽は、並んで土間に立っている三郎太に今にも殴りかかろうとしていた。よく見ると、その手にはお玉を握り締めている。

あれで頭や背中を叩かれたら痛いであろうな、と宗太郎は我がことのように身を強張《こわば》らせた。

そこへ、またしても新たな足音が近づいてくる。

内股をすり合わせた、いかにも女人らしい足音だ。こうした歩き方をするのは、この三日月長屋にはひとりしかいない。

「猫太郎さんのとこは、いつでもやっさもっさとうるさいねぇ」

「文字虎《もじとら》どの、それがしの名前は猫太郎ではないのですが」

「静かにしておくれな、せっかく寝た小虎《ことら》が起きちまうじゃないのさ」

お軽と三郎太の背中から、乳《ち》飲《の》み子を抱く婀娜《あだ》な美人が土間をねめつけていた。宗太郎の向かいの九尺二間に暮らす、常磐津《ときわず》の師匠の文字虎だ。

「どうせ、またうずらかめの女将がくだらないことわめいて騒いでんだろう？　ほっときゃいいのさ、犬も食わない夫婦喧嘩を猫が食うことないんだって」

「文字虎どの、それがしは猫ではないのですが」

と、宗太郎が言い直すのにおっかぶせて、お軽がわめき散らす。

「文字虎！　あたしはくだらないことなんか、これっぽっちもわめいちゃいないよ！」

「だから、大声あげるんじゃないよ」

「こんなときだけ母親気取りかい？　笑わせるんじゃないよ、小虎ちゃんのおしめもろくすっぽ替えられないくせに」

これはまずい、と宗太郎は小声でつぶやいて、双方を取り成すようにおろおろと両手を上下させた。

お軽と文字虎は犬猿の仲だ。ふたりとも年のころなら三十路《みそじ》をちょいと越えたあたりのはずだが、まったく化粧っ気のないお軽に比べると、いつ会っても白粉《おしろい》の香りがする文字虎のほうがずいぶんと若々しく見える。

もっとも、お軽からすれば、

『何が白粉の香りさ、白粉臭いの間違いだろう。厚化粧にだまされちゃいけないよ』

ということになるらしいが、お軽と文字虎とでは育った水が違うのだろう。

宗太郎が三日月長屋に引っ越して来たばかりのころ、井戸端で下駄《げた》に腰かける文字虎が小虎の襁褓《むつき》を洗っていたことがあった。両足を広げて盥《たらい》を股下に挟みこんでいるため、裾が割れて白い脛《すね》と緋縮緬《ひぢりめん》の蹴出《けだ》しが露《あら》わになっていた。

武家屋敷ではまず目にすることのないその蓮《はす》っ葉《ぱ》な光景に、宗太郎は何やら見てはいけないものを見てしまった気がして、慌てて目を伏せたものだ。

そのときに、たまたま通りかかった三郎太に耳打ちされたのだが、

『文字虎、ちょいといい女でしょう？　夫者《それしゃ》あがりってのは、洗濯してるだけで絵になると思いやせんかい？』

宗太郎は夫者の意味がわからなかった。首を傾《かし》げていると、

『これだから猫先生は野暮堅くていけませんや。元は、芸者ってことっすよ』

とのこと。これまで拝領屋敷と剣術道場の往復しかして来なかった宗太郎にとって、芸者とは読本《よみほん》や美人絵の中にのみ息づいている類のものだったので、目の前にいることに大いに驚いたのを覚えている。

とにもかくにも、芸を磨くことで女を磨いてきた文字虎と、働き者であることこそが女っぷりのよさだと信じて疑わないお軽とでは、相容《あい》れないのも致し方のないことなのだろう。

「あぁ、ほら、小虎がぐずついちまったじゃないのさ。よしよし」

おぎゃあ、おぎゃあ。

火のついたように泣き出した小虎の背中を、文字虎がほっそりとした手でとんとんと叩いた。その指先が三味線でも爪弾《つまび》くような妙に色っぽい動きであることに、お軽が聞こえよがしな舌打ちをする。

「文字虎、何度も教えただろう？　そんなんじゃ赤ん坊は泣きやまないよ、もっと手の

ひらで安心させるように叩くんだよ」

貸してごらん、とお軽が小虎にたくましい両手を伸ばした。

「やめとくれよ。女将の馬鹿力で叩かれたら、小虎がつぶれっちまう」

「おっかなびっくりやってるうちは、母親になんかなれないよ」

「あたしは母親だよ、この子の母親なんだよっ」

繰り返し叫んで、母は子をきつく抱き締めていた。

文字虎は独り身だ。つまり、小虎には父親がいない。噂《うわさ》では、日本橋通油町《とおりあぶらちょう》にある金扇《きんせん》問屋なにがしの妾《めかけ》だとも、日本橋十軒店町《じっけんだなちょう》で卯建《うだつ》を上げる人形問屋くれがしの妾だとも言われているが、文字虎がどういう素性の女であるかは長屋の誰も知らない。

当人が、貝のように口を閉ざしているからだ。

おぎゃあ、おぎゃあ。

泣きやむ気配のない小虎に、今度は三郎太がちょっかいを出す。

「おう、どれ。おいらがあやしてやるぜ」

「冗談じゃない、三ちゃんの怠け虫がうつったら困るだろう」

「ちょいと、文字虎。あんた、今、うちの人を怠け虫って言ったかい?」

まずい、まずい。どんどん雲行きが怪しくなっていく。

「あたしがこの人を悪く言う分にはいいけどね、他人《ひと》さまには言ってほしくないね」

「なんだい、のろけかい？」

「のろけなもんか！」

「あぁ、いやだよ。だから言っただろう、うずらかめの女将の話をまともに聞いても損するだけだよ。わかったかい、猫太郎さん？」

急に文字虎に話を振られて、宗太郎は名前を言い間違えられたことへの突っこみも忘れて、日ごろから思っていることをつい口走ってしまった。

「お軽どのと三郎太どののような仲のよい夫婦を、比翼連理《ひよくれんり》と言うのでしょうな」

「なっ、やめとくれよ！　そんなことあるわけないだろう、猫太郎さんまでからかわないでおくれ！」

すぐさま打ち消したお軽だったが、声は頓狂に裏返り、顔は耳まで真っ赤に茹《ゆ》であがっていた。そんな女房の様子を、三郎太はまんざらでもないように顎《あご》をさすりながら笑って見下ろしている。

なんだかんだ言っても、ふたりは馬が合うのだろう。だからこそ、四人もの子宝に恵まれたのだと思えば、宗太郎は微笑《ほほえ》ましい気持ちになった。

そうしたところへ、四人目の足音の気配がする。

重たげに踵を引きずる、歩幅の小さな歩き方。この手の足音は、子どもが背中に弟や妹をおぶっているときのものだ。

だとすると、お妙《たえ》坊か、と宗太郎が首を伸ばして土間をうかがっていると、

「おっ母さん、やっぱりここにいた」

と、思ったとおりの、色白で目の大きい女の子がひょいと顔をのぞかせた。その背中には、すやすやと眠る一番下の弟の姿があった。

「お妙、どうかしたかい？」

「すもうをして遊んでいた松吉《まつきち》と竹吉《たけきち》がはいちょうをけとばして、おっ母さんとお父っつぁんのおちゃわんが割れちゃったの」

「なんだって！　あの子たち、また蠅帳《はいちょう》を倒したのかい！」

「大きな声ださないで、梅吉《うめきち》がおきちゃうから」

やって来るなり、お妙は子どもらしからぬしかめっ面《つら》で、お軽をぴしゃりとたしなめていた。お軽と三郎太の一姫であるお妙は、色の白さは父親ゆずりで、くっきりとした二重の目もとは母親ゆずりの、なかなかの器量よしだ。

「娘にまで煙たがられてるよ」

くすくすと文字虎が声に出して笑うと、お軽はきまりが悪そうな顔をしてそそくさと土間を出ていった。

「お騒がせしやしたァ」

と、間延びした声をあげる三郎太はいつだってのんき気なものだ。

文字虎も小虎を抱き直して向かいへと戻って行き、途端に、野分《のわき》のあとのように土間ががらんと静かになる。

ひとり取り残された宗太郎は、ふう、と肩で息を吐いた。これが裏店暮らしというものである、とおのれに言い聞かせて、開けっ放しのままになっている腰高障子を閉めるためにのそりと立ち上がった。

すると、両親とともに表店に帰ったはずのお妙が、戸口に隠れるようにして立ちほうけているのに気づいた。

「どうした、お妙坊」

「お父っつぁんとおっ母さんがいつもごめんなさい」

お妙が早口に言って、頭を下げる。

「いつも長屋のみなさんにめいわくかけて、ごめんなさい」

お妙はお軽に似て、面倒見がいい。三人の弟たちの世話をかいがいしくこなす、しっかり者だ。喧嘩が絶えない両親の仲をいつも心配している。

「お妙坊、それがしは迷惑などと思ったことは一度もないぞ。子どもは、そのようなことを気にせずともよいのだ」

「でも、あたしが気にしないと、お父っつぁんもおっ母さんも好きかってにふるまうばっかりだから」

「三郎太どのとお軽どのは、あれでよいのではないか？　仲睦《むつ》まじく喧嘩しているように見受けられる」

宗太郎が諭すと、お妙はもう一度、今度は何も言わずに頭を下げた。

「そうだ、お妙坊にいいものをやろう」

宗太郎はしょげているお妙を元気づけたくて、流し台の上に置いてあった油紙の包みを差し出した。

「これは？」

「飴玉《あめだま》だ。木戸番小屋の前の犬の糞《ふん》を片付けるのに〝手〟を貸したら、番太郎の吉蔵《よしぞう》さんがくれたのだ。松吉、竹吉、梅吉と仲良く食べなさい」

「いいの⁉」

ようやく、お妙が年相応の笑顔を見せてくれた。

子どもは、しかめっ面よりも笑顔のほうが断然いい。お妙には八重歯がある。笑うと左の口もとにちょこんとのぞく白い歯が愛くるしくて、宗太郎は頰をゆるませた。

「ありがとう、猫先生！」

「お妙坊、それがしは猫先生ではないぞ」

「猫先生は猫よ。だって、頭に猫とおんなじお耳だってあるし」

お妙に三つ鱗の形をした耳を指差されて、宗太郎のゆるんだ頰が一瞬で強張った。

「猫とおんなじおひげもはえているし、お爪もするどいし、それに、からだはまっしろで毛むくじゃらだもの」

子どもはなんて正直なのだろう、目にしたままを口にする。

「猫先生は猫だから、猫の手屋をやっているんでしょう？」

「いや、猫であるから猫の手屋をやっているのではなく、何か困りごとを抱えて猫の手も借りたいという人がいるならば、この〝手〟を貸して進ぜようというだけで」

「その手、どう見ても猫の手でしょう？」

「む、むう……」

子どもはなんて残酷なのだろう、大人の事情なんて知ったこっちゃない。

三郎太とお軽が喧嘩ばかりしているのに離縁しようとしないのには、きっと何か訳があるはずだ。文字虎が未婚の母なのも、人に話せない訳があるに違いない。

人はみな、大なり小なり触れてほしくない大人の事情を抱えて生きている。

かく言う、それがしも、と宗太郎はきつくまぶたを閉じる。それがしが、このように奇妙奇天烈な白猫姿に身をやつしているのにも訳があるからであって。

「でも、だいじょうぶ。三光稲荷は犬や猫の守り神だもの、まいにち、ちゃんと手をあわせていれば、そのうちもっとうまく人に化けられるようになるわよ」

「化ける……」

宗太郎はお妙の言葉に打ちのめされて、がっくりと土間に膝をついた。

「猫先生のしっぽ、あたしはかわいいと思うわ」

「かわいい……」

武士にその言葉は、生き恥をさらして生きよと言っているようなもの。

宗太郎はやり切れない思いを吐きだすように、長くひんなりしたしっぽで落ち着きなく三和土《たたき》を叩くのだった。

二

近山宗太郎は、武士である。

神に誓って、猫ではない。

「猫が人の背丈で小袖《こそで》を着て、袴《はかま》を着け、腰に大小を提げ、二本足で歩くものか」

と、宗太郎は夜更けの三光稲荷で、緑青《ろくしょう》の浮く銅葺《どうぶ》き屋根の祠《ほこら》に向かって毛深い両手を合わせながら歯がゆく思う。

「そんな猫がいたら、見てみたいぞ」

なんてことを言うと、ここにいるじゃないのさ、と三日月長屋の面々は底抜けに明るい笑顔で宗太郎を指差すのだろうが、そもそも他人の顔に指を突きつける行為は無礼とされている。

「まぁ、背中から後ろ指を差されるよりはましか」

宗太郎は祠に深々と頭を下げてから、おのれの手を見た。

その手で、地べたに落ちている一本桜の葉を器用に拾い上げてみる。

宗太郎の手のひらには、あずき色をした肉球がある。口もとには松葉に似たひげをたくわえ、頭のてっぺんにほど近いところには三《み》つ鱗《うろこ》の形をした耳が生えている。

さらに背縫いをたどれば、尻の上に長くひんなりしたしっぽがうごめいており、顔も身体も全身が泡雪《あわゆき》の毛皮に覆われていた。

とくれば、言うまでもなく、姿かたちは猫そのもの。

しかし、宗太郎は確かに人で、武士なのである。

決して、猫が人に化けているわけではないのだ。

「話せば長い、大人の事情がある」

事の発端は、今から半年ほど前にさかのぼる。剣術道場の仲間たちと、日本橋小網町《こあみちょう》の小料理屋で仲秋の名月を愛《め》でながら一杯ひっかけた晩のことだった。

宗太郎は剣術以外にはこれと言ってなんの趣味も持たない、真面目《まじめ》を絵に描《か》いたような男だ。辻《つじ》を曲がるときは豆腐の角のようにかっちりと鉤《かぎ》の字でないと、背中がこそばゆい。文机《ふづくえ》の上の書物は四隅をそろえて重ねていないと、吐き気がする。

道場仲間からは石部金吉《いしべきんきち》と笑われることもあるが、公儀から役宅を拝領する職に就《つ》く大身旗本《たいしんはたもと》の嫡男たる宗太郎にとっては、武士とは四角四面であらねばならないものだった。

そんな宗太郎にも弱点はある。甘い物と酒だ。

武士でありながら甘い物に相好《そうごう》を崩すのは不覚を取ることだと承知しているので、他人の目のあるところでは口にしない。ひとりになったときにだけ、団子でも金平糖《こんぺいとう》でも羊羹《ようかん》でも溺れるほど食す。

一方、酒は武士ならば飲めて当然、笊《ざる》でなくてはいけない。と思っているのだが、いかんせん甘党なだけに、ほとんど飲めない。飲むと不覚を取る。

「あの晩も――」

と、宗太郎は夜空を仰ぎ見ながら悔恨の念にかられる。

「いつもより、酒を過ごしてしまったのがいけなかった」

ある晩を境に、ただの人から奇妙奇天烈な白猫姿に身をやつすことになったのは何ゆえか、その仕儀について宗太郎はこれまで誰にも語ったことがない。

青天の霹靂《へきれき》としか言いようのない変貌を遂げて帰宅した倅《せがれ》に、

『何があったのか?』

と、父は一度しか詮索してこなかった。そのときに洗いざらい打ち明けてしまえばよかったのだが、気が動転してしまっていたために黙りこんでしまった。

このままでは家族に迷惑をかける。そう思い、宗太郎は呉服橋御門内《ごふくばしごもんない》の役宅を出て裏《うら》店暮《だな》らしを始めることにした。

その際、三日月長屋の大家である惣右衛門《そうえもん》に、業の深い身体であることを根掘り葉掘り訊《き》かれるかと思いきや、大身旗本が身元保証人になっていたためか、拍子抜けするほどに何も問い詰められることはなかった。それどころか、

『長生きをした猫は月夜の晩に手拭いをアレしてアレすると、人に化けられると信じられていますからね』

と、猫撫《ねこな》で声であらぬことを言われ、

『まぁ、アレです、ここではなんの不自由もアレしませんよ。三光稲荷がアレなこともありましてね、三日月長屋の店子《たなこ》はみんな猫好きです』

と、猫かわいがりするように励まされた。

連発するアレが何を意味しているのかは今もって謎ながら、惣右衛門は物腰のやわらかい、いかにも面倒見のよさそうな好々爺《こうこうや》だ。つるりとした出額《でびたい》で品のいい羽織りを着こんでいる風体《ふうてい》のせいか、どことなく妖怪のぬらりひょんに似ている。

たまさかにも大家が妖怪のわけはないだろうから、惣右衛門の目には新しい店子こそが妖怪に見えていたのかもしれない。猫が必死に人に化けようとしているように映った

ということは、そういうことなのだろう。

惣右衛門だけではない。長屋の誰もが宗太郎を猫だと思っているようで、それゆえに、猫太郎と呼ばれている。

「三光稲荷とは、まこと不思議な稲荷であるよ」

つぶやいて、宗太郎は夜更けの境内を改めてながめやった。

祠の周囲には、大小様々な招き猫がびっしりと奉納されていた。三光稲荷は犬猫がらみの願掛けにご利益があると言われているため、犬猫の病が治ったお礼に、迷い犬や迷い猫が見つかったお礼に、招き猫を置いて帰る者が後を絶たないのだそうだ。

参拝客は、芸妓《げいぎ》や役者が目立つ。それというのも、先ごろの火事で浅草聖天町《あさくさしょうでんちょう》へ移転になるまで、長谷川町の西側一帯には中村座、市村座が櫓《やぐら》をあげる芝居町があったからだ。今も界隈《かいわい》には、その筋の人たちが少なからず住んでいる。

これは、この界隈に暮らしてみた宗太郎が肌で感じ取った見立てなのだが、芸妓は猫好き、役者は犬好きが多いような気がする。猫は犬と違って気安く慣れ合わないあたりが、芸は売っても色は売らない芸妓の意地に通じるところがあって好かれるのかもしれない。対して、犬は猫と違って主人と決めた人には全身全霊で忠義を示すところが、一門に身を捧《ささ》げて舞台に立つ役者心をどこかくすぐるのかもしれない。

いずれにしても、そうした芸妓や役者をはじめ、犬猫好きの近隣の商人や職人から、三光稲荷は篤《あつ》く信仰されていた。

しかし、ときに、招かれざる者も境内にやって来る。周辺に、犬好き猫好きが多いと知って、夜中にこっそりと犬猫を捨てにくる輩《やから》がいるのだ。

「けしからんことだ。犬公方《いぬくぼう》さまの世であれば、大罪であるぞ」

境内には〈捨て犬、捨て猫御免〉の張り紙があるが、それを見て胸を痛めて引き返す者はまずいない。春は犬猫の盛りの季節なので、これからますます招かれざる者が増えることだろう。

そこで、宗太郎の出番である。

宗太郎は三日月長屋の木戸と戸口に、こうした猫型の看板を出している。
猫の手も借りたいほどせわしない人、または困っている人たちに、おのれの〝猫の手〟を貸すことを生業《なりわい》にしているのだ。

裏店《うらだな》暮らしをするにあたって、宗太郎は金子《きんす》を稼ぐために何かしらの仕事をしていかなければならなかった。とはいえ、武士がいきなり髪結いやら錺《かざり》職人やらになれるわけではないし、納豆売りやら外郎《ういろう》売りやらになれるわけでもない。剣術ならば腕に覚えがあるので、用心棒稼業ならばどうであろうかと考えたこともあったが、危ない橋を渡るのは勘弁願いたかった。

そこで町の雑事を引き受ける、よろず請け負い稼業を始めることにした。依頼は文《ふみ》の代筆、障子の張り替え、失《う》せ物探しから井戸さらいまで多岐にわたる。商家から鼠《ねずみ》退治を頼まれることが多いのは、不本意ながら、この見た目のせいであろう。

「ひとつ、はっきりさせておこう」

宗太郎は誰に言うでもなく、ぶつぶつと続ける。

「それがしが猫の手屋をやっているのは、白猫姿に身をやつしていることへの洒落《しゃれ》でもあてつけでもなんでもないぞ」

声を大にして言いたいのは、猫だから猫の手屋をやっているわけではないということだ。困っている人々の手助けをしたいだけなのだ。

世のため、人のために善行を積むことは、ひいてはおのれのためになる。

「それがしは、もののふのけじめを付けているのだ」

ともあれ、猫の手屋宗太郎は、ここのところ夜ごと三光稲荷で金色の目を光らせてい

た。惣右衛門の囲碁仲間で長谷川町の書役《かきやく》である長兵衛《ちょうべえ》から、

『犬猫を捨てる輩がやって来ないように、夜の見回りをしてはくれませんかね』

との依頼を受けているからだ。

話を持ちかけられたとき、お安いご用ですとも、と宗太郎は快く〝猫の手〟を貸すことを了承した。長年、招かれざる客に手をこまねいてきた長兵衛は、下駄のように見事な八の字眉を上下させて喜んでくれた。

何も夜分に働くことはないじゃないのさ、とお軽は寝不足を心配してくれたが、ここだけの話、宗太郎は白猫姿に身をやつしてからというもの、夜分のほうがらんらんと目が冴《さ》えるようになっていた。

逆に、お天道《てんとう》さまの下にいると、滅法眠くなっていけない。ひと目を忍んで串団子でも食そうと茶屋の床几《しょうぎ》に腰かけたはいいが、背中に日差しの当たろうものなら、ついうつらうつらと舟を漕《こ》いでしまう。

「ただの人であったときには、遅くまで起きているのが苦手だったのだが」

いやいや、今もただの人である。宗太郎は譲れない事実を胸に、祠を囲む赤い幟《のぼり》の陰に身を隠した。

ほどなくして、夜目にも毛並みの良さがわかる白い犬を連れた商家の手代風の男が現れた。一見して散歩のようにも見えるが、時はすでに子《ね》の刻（午後十時ごろから午前一

時ごろ）を迎え、町木戸はとうに閉まっているはずである。

町木戸は江戸市中の防犯のため、夜四つ（午後十時ごろ）から明け六つ（午前六時ごろ）までは、番太郎が閂《かんぬき》をかけることになっている。どうしても夜間に出歩きたければ、各町に建つ町木戸のそのひとつひとつで寝ている番太郎を叩き起こして、町送りの拍子木を打ってもらわなければならない。

果たして、そこまでして子の刻に犬の散歩をしたいものか？

そもそも、夜更けに稲荷の境内でやることと言えば、ひとつしかない。

呪いの藁《わら》人形を打ちつけに来た。と、通常ならば考えるところなのだろうが、ここは三光稲荷だ。

「ごめんよ、太郎、お嬢さまは犬はもう飽きたそうだ。次は猫がほしいとおっしゃるから、お前とはここでお別れを……」

「お待ちなさい」

宗太郎はみなまで聞かずに声を張り、ぬっ、と姿を見せた。

「わっ、誰です!?」

「飽きた、飽きないで犬猫の命を左右して恥ずかしくないのですか？　おこがましいと思われませんか？」

「えっ、あっ、化け猫!?」

「それがしは化け猫ではない」

腰を抜かしている手代風の男に、宗太郎はよく通る声で言い放った。

「それがしは、猫の手屋宗太郎と申す」


後日、宗太郎はこれまた長谷川町の書役である長兵衛に頼まれて、三光稲荷の一本桜に発生した毛虫退治に早朝から精を出していた。

竹竿《たけざお》の先に焼酎をひたしたぼろ布を巻いて火をつけ、葉をあぶると、毛虫が焼けて落ちてくる。あまり気持ちのいい仕事ではないが、誰かがやらないと、これからの季節はおちおち参拝もできなくなると言われれば仕方がない。

元より、宗太郎はどんな依頼でも断るつもりはないのだが、長兵衛に頼まれると是が非でも〝猫の手〟を貸したいと思ってしまうのは、

「あの八の字眉を見ていると、とてもではないが否やとは言えんな」

早い話が、眉尻の下がった人相にほだされてしまっているのかもしれない。

「何にせよ、小さなことからひとつひとつ」

生真面目な宗太郎は、安い報酬でせっせと町の人々に〝猫の手〟を貸した。

さて、この日、宗太郎が竹竿を肩に担いで三日月長屋に戻ってきたのは、昼九つ（正

午ごろ）の鐘が間もなく鳴ろうかという刻限だった。

三日月長屋の面する表通りには、三光新道《じんみち》という名前がついている。さほど広くもない小路だが、三光稲荷への参拝客が行き来するため、人の往来が途切れることはほとんどない。

この三光新道に、いつにない黒山の人だかりができていた。何ごとかと宗太郎が少し離れたところで様子をうかがっていると、

「あ、猫先生！　あのね、猫先生のおともだちがきてるのよ！」

と、輪の中から飛び出して来たお妙に袖を引かれた。今日のお妙は末の弟を背負ってはいないので、足取りが軽やかだ。

「お妙坊、それがしは猫先生ではないぞ」

「にゃんまみだぶつなんだって」

「にゃんまみ……、南無阿弥陀仏《なむあみだぶつ》のことか？」

「猫のお坊さんなんだって」

「猫の？」

お妙の視線を追って、宗太郎はぽかんと口を開けた。

わいわいと騒ぐ長屋の面々に囲まれて、風変わりな托鉢僧《たくはつそう》が立っていたからだ。

編《あ》み笠《がさ》に、麻の法衣《ほうえ》と白の脚絆《きゃはん》。それだけならば托鉢僧の出で立《い》ちとしてなんらおか

しいところはないのだが、その男は錫杖《しやくじよう》の代わりにとこぶしの貝殻をぶら提げた杖《つえ》を持ち、鉄鉢《てつぱつ》の代わりに大きな鮑《あわび》の貝殻を手にしていた。

加えて、顔には猫の目鬘《めかづら》を着けている。

「ほらね、猫先生と同じ猫でしょ？　おともだちでしょ？」

「お妙坊、それがしは猫でもなければ、あの者の知り合いでもないぞ」

律儀に突っこみを入れつつ、宗太郎は猫の托鉢僧を頭から足の先まで熟視した。

この者は、いわゆる物乞いである。

江戸の町の物乞いは、みな奇をてらっている。幽霊の格好をしている者や、船の張りぼてに身体を通して歩いている者、煙管《キセル》片手に弁柄《べんがら》塗りの格子を担いで花魁《おいらん》の真似《まね》ごとをしている者など様々いて、風変わりな格好で戸口に立つことで人々の目を引き、いくばくかの施しを受けるのだ。

「ねこう院仏《ぶつ》しよう」

と、猫の托鉢僧がとこぶしの錫杖をガラガラと鳴らして、大声を張り上げた。

どうやら、両国は回向院《えこういん》をもじって、ねこう院とする洒落らしい。明暦《めいれき》の大火の犠牲者を弔うために建立された回向院は、動物供養の寺としても有名だった。

猫尽くしをおもしろがる長屋の面々が鮑の鉄鉢に銭を投げ入れると、

「おねこー！」

と、真面目腐った声を発し、にゃんまみ陀仏にゃごにゃごにゃご、と回向する。

その堂に入った勧進《かんじん》ぶりに、その場にいた大人からも子どもからもドッと笑いが巻き起きた。

「何がおもしろいのやら、まったく笑えんな」

宗太郎は猫目をきりきりと吊《つ》り上げて、吐き捨てた。

僧侶でもないくせに回向とはけしからん。目鬘ごときで猫を気取るのも片腹痛い。へそで茶が沸く。はて、毛むくじゃらの猫にもへそはあるのだろうか、いやいや、それがしは猫ではないのだからへそはある。

「うむ、確かにあるぞ」

と、宗太郎が懐手でへそをまさぐりながら長屋へ入って行こうとすると、なん八屋つるかめの店先で野次馬をしていたお軽が声をかけてきた。

「おや、猫太郎さん。ちょうどいいよ、お前さんも回向してもらったらどうだい?」

わかっている、お軽どのに他意はない。親切心から言ってくれているのであろう。

しかしながら、今だけはそっとしておいてもらいたかった。

「そりゃいい。猫の坊さんに回向してもらえば、猫先生が完璧に人に化けられる日も近いってもんですぜ」

と、珍しく店を手伝っていた三郎太までが梅吉を抱きかかえて話に加わってくるので、にわかに宗太郎は衆目を集めることになった。

「それがしは、猫が人に化けているわけではないのですが」

うつむきがちに、それでもしっかりと声に出して宗太郎が突っこんでいると、目の前にすすっと影ができる。

「むっ」

顔を上げれば、猫の托鉢僧が間近に立っていた。間合いを詰められたというのに、わずかに風が動いただけで、足音はしなかった。

「ねこう院仏しよう」

近くで聞くと、存外、声が若い。背も高い。

脚絆の白さが、いやに目についた。

「ねこう院仏しよう」

「二度言わずとも聞こえている」

言い返して、宗太郎は担いでいた竹竿を右から左の肩へとぞんざいに移した。

はたから見れば、猫と猫が向き合っているように見えているに違いない。いたたまれない。長屋の面々が温かい目で見守ってくれているのがわかるだけに、やり過ごすこともできない。

ペロリ。

宗太郎は気を鎮めたいとき、しっぽりと濡れた鼻を舌先で舐《な》める。ただの人だったときにはなかった癖だが、奇妙奇天烈な白猫姿になってから、おのれでも気づかないうちによくやるようになった。

今も何度かペロリとしてから、この場を納めるには施しをくれてやるしかないとあきらめて、しぶしぶと鳥目《ちょうもく》を鮑の鉄鉢に投げ落とした。すると、

「おねこー！　にゃんまみ陀仏にゃごにゃごにゃご！」

と、腹に響くような大声を出され、とこぶしの錫杖をガラガラと鳴らされ、宗太郎は気圧《けお》されるように一歩あとじさってしまった。

それを追うように猫の托鉢僧も一歩前に出て、ひと言。

「ご貴殿、歌川国芳《うたがわくによし》の錦絵から抜け出たような御仁にございますね」

さもありなん、と宗太郎はふてぶてしい面構えになる。

この業の深い姿を初めて見る人の十人中八、九人が口にする台詞《せりふ》だ。さもなければ、いつぞやの晩の手代風の男のように『化け猫』と叫ぶ。

歌川国芳といえば、言わずと知れた当代きっての人気絵師だ。荒々しい武者絵で血の気の多い江戸っ子を魅了したかと思えば、無類の猫好きというだけあって猫を擬人化した戯画なども数多く手がけている。

「ご貴殿のその猫耳、どちらでお買い求めになったもので？」

「買ったものではない」

しかし、そんなことよりも、宗太郎には少々気にかかることがあった。

目の前の猫の托鉢僧が動くたび、物乞いには不釣り合いな甘い香りがしたからだ。

「この香りは……」

「はい？」

「……花の露か？」

「さて。桜の散ったこの時期に咲く花と言われますと、躑躅《つつじ》でございましょうか。馬酔木《あせび》でございましょうか」

ささやくように言った猫の托鉢僧が、ニタリと笑った。

そんな気がしたが、目鬘を着けているので、どんな表情を浮かべているのかは実のところわからない。

「ねぇ、なんのお話？　やっぱり猫先生と猫のお坊さんは、おともだちなのね？」

お妙が二匹の猫、もとい、ふたりの男の周りをぐるりと一周まわりながら、ませた口ぶりでからかってくる。

「でも、猫のお坊さんのほうが人に化けるのがじょうずね。お顔のほかは、もうちゃんとそれらしい姿になっているもの」

これだから、子どもは容赦ない。

それがしたちは猫が人に化けているわけではないぞ、と宗太郎がお妙をたしなめようと口を開きかけている間にも、猫の托鉢僧はぷんと甘い香りを残して、ひとつ隣の長屋へと歩き出していた。もらう物をもらったら、とっとと次へと急ぐらしい。

「にゃんまみ陀仏にゃごにゃごにゃご」

わいわいと囃《はや》し立てながら、子どもたちが我先にと法衣姿を追いかけてゆく。お妙も宗太郎の脇をすり抜けて、花魁道中ならぬ猫道中に加わっていった。

風変わりな格好をした物売りや物乞いは、いつの時代も子どもたちに人気だ。楽しげな声をあげる子どもたちを引き連れて歩けば、町の人々の目にもとまりやすくなり、物売りならばいつもよりも多く物が売れるだろう。物乞いならばいつもよりも多くの施しを受けることができるかもしれない。

「なんともちょこざいな」

宗太郎がこぼすのにかぶせて、子どもたちがまた声をそろえる。

「にゃんまみ陀仏にゃごにゃごにゃご」

そのとき、この季節ならではの少し強い西風が吹き、三光新道に砂ぼこりが舞い上がった。お妙が八重歯を見せて振り返り、くっきりとした二重の目もとをこすりながら、宗太郎に小さく笑いかけた。

それが、宗太郎がお妙を見た最後の光景だった。

三

その夜遅く、三日月長屋にこれまでに聞いたことのない慌てた足音が響き渡った。

「はて、こんな刻限に誰であろう？」

三光稲荷での夜の見回り前に少し仮眠を取ろうとまどろんでいた宗太郎は、半身を起こしてぼんやりと外の気配をうかがった。

「猫太郎さん！　お前さんの〝猫の手〟を貸しておくれ！」

足音が近づき、すぐに腰高障子が乱暴に開いた。飛びこんできたのは、息急《せ》き切ったお軽だった。

「お軽どの、いかがしましたか？　また三郎太どのと喧嘩ですか？」

「そうじゃないよ、お妙が！」

「お妙坊が？」

宗太郎は金色の目を、カッと光らせた。

土間は行灯《あんどん》の灯《あか》りが届かずに薄暗かったが、お軽の額には玉の汗が光り、鬢《びん》もひどくほつれているのが見て取れた。その姿からして、ただごとではない何かが起きているのだということはすぐにわかった。

「お妙坊が、いかがしましたか？」

「帰ってこないんだ、どこにもいない」

「帰ってこない？いつから？」

「わかんないんだよ。ほら、昼ごろにねこう院が来ただろう？　あのときまではいたんだよ、猫太郎さんもお妙を見ているだろう？」

「ええ、話もしましたとも。いつもと変わらず、ませていましたね」

宗太郎のまぶたに、八重歯を見せて笑うお妙の姿が思い浮かんだ。

「あのとき、お妙、ねこう院にくっついて歩いてなかったかい？」

「いかにも。お妙坊だけでなく、多くの子どもが猫道中になっていましたが、ほかの子どもたちは？」

「みんな、夕飯どきまでにはちゃんと帰ってきてるそうだよ。それなのに、お妙だけ、どこに行っちまったんだか……っ」

いつもは気丈なお軽が弱々しく土間にくずれ落ちると、急に外からいろいろな物音が聞こえ出した。どうやら、長屋中がお妙をさがして右往左往しているようだった。

宗太郎は、何も知らずにうとうとしていたことを恥じた。

「それがしも、お妙坊をさがしましょう」

言って立ち上がったと同時に、地面を蹴り上げて歩く三郎太がやって来た。

「やっぱりここにいたか、軽。猫先生は三光稲荷の夜の見回りがあるんだから、起こすなって言っただろう」

「だけど、あんた、あたしじっとしていられなくて」

「お前は妙が帰ってきたときのため、うまい飯でも作ってりゃいいのよ。おいらがもう一度、高砂橋《たかさごばし》まで行ってみるからよ」

いつも身なりを気にしてしゃっきりしている三郎太も、今夜ばかりはくたびれているように見受けられた。

「三郎太どの、それがしも同行しましょう」

「いや、でも、猫先生は夜の見回りがありやしょう」

「長屋内の急に〝猫の手〟を貸さずして、なんのための〝猫の手屋〟ですか。水臭いことは言わないでくだされ」

いつになく強い口調になった宗太郎に、三郎太は泣き笑いするような顔で深く頭を下げた。それは糸瓜野郎などではなく、れっきとしたひとりの父親の姿だった。

「して、三郎太どの。今ほど、高砂橋と聞こえましたが、お妙坊がそちらへ向かったという足取りをつかめているのですか？」

「へえ。日の暮れかけたころに、高砂町の書役が、自身番《じしんばん》の前をひとりで歩いている女の子を見たそうなんすよ。見かけない顔の子だってんで声をかけてくれようとしたらしいんすけどね、女の子はえらく急ぎ足だったそうで見失っちまったって」

「お妙はね、この人に似てはしこいところがあるからね」

お軽がめそめそして言うと、

「妙のきりきりしゃんとしたところは、お前に似たんだよ」

と、三郎太は力なく首を左右に振った。

そんな夫婦を見つめ返し、宗太郎はただうなずくことしかできなかった。

日本橋高砂町は、長谷川町からは大門《おおもん》通りを挟んだ東側にある町だ。大門通りというのは明暦の大火で浅草日本堤《にほんづつみ》へ移転するまでこの地にあった吉原《よしわら》の名残の道のことで、道幅は五間とそれなりに広い。胴物屋や馬具師が多く住む賑《にぎ》やかな一角なので、日暮れ前なら人通りは多かったはずだ。

お妙坊は、何ゆえ、大門通りを越えて高砂町へ向かったのであろう？

「その女の子は、お妙坊に相違ないのですか？　お妙坊は、黄色地に棒縞《ぼうじま》の布子《ぬのこ》を着ていましたね」

「書役が見かけた女の子も、そんな色柄の布子を身に着けてたらしいっす。けどまぁ、よくある色地に、よくある縞っすからね。それが妙だったのかってぇと、怪しいってなもんでして」

宗太郎は近所に住むお妙ぐらいの年ごろの女の子たちを思い浮かべてみて、なるほど、みんなだいたい似たような色柄の布子を着ていると思った。

縞は江戸っ子に人気の紋様だ。また、黄色地は大岡《おおおか》裁きのひとつして知られる白子屋《しらこや》お熊《くま》が獄門にかかるときに黄八丈《きはちじょう》を着ていたため、一時は忌避されていた節があったが、この毒婦を脚色した狂言で人気女形《おやま》が黄八丈をあでやかに着こなして以来、若い町娘がこぞって着るようになった色地だった。

衣服が特徴にならないならば、笑うと見える八重歯を頼りにさがせばいい。

「いずれにしても、まずは高砂町へ足を運んで、一帯の商家に聞きこみをしてみるのがよさそうですね」

「そうしたいのはやまやまなんすけどね、今夜はもう町木戸が閉まるころなんすよ」

三郎太が腰高障子の外をうかがうようにして言うのを待っていたかのように、夜四つの鐘が捨て鐘を鳴らしだした。

「こんな夜分に表店の戸を叩いても、押しこみ強盗でも来たんじゃねぇかと不審がられるだけでしょうよ」

「ううむ……。それがしが早く騒動に気づいていれば、町木戸が閉まるまでに一軒でも二軒でも聞いて回れたものを……。三郎太どの、申し訳ない」

「とんでもねぇ。猫先生に頭下げてもらっちゃ、妙に怒られますって」

「お妙坊……」

宗太郎は名をつぶやいて、あずき色の肉球のある手を握り締めた。

ぜんたい、お妙坊に何があったというのか。今こうしている間にも、怖い思いをしているかもしれない。助けを待っているかもしれない。

それを思うと、宗太郎の胸は張り裂けそうだった。

そこへ、足音だけだと女のようにも聞こえるすり足が聞こえ、

「いたいた、ここにおそろいだったかい」

と、大家の惣右衛門が手拭いで出額の汗を拭いながら飛びこんできた。大家と言えば親も同然、店子《たなこ》に何か問題が生じたときは骨身を削って駆け回ってくれる。

「今ね、蝦蟇《がま》の親分のところに行ってきたんだけれどもね、やっぱりアレだね、夜更けにてんでばらばらにアレするより、朝になってからみんなで足並みそろえてアレしたほうがいいって言われたよ。今夜は親分が自身番にアレしてくれるらしいから、三郎太もお軽も少し休んでおくといいさね」

蝦蟇の親分こと、権七《ごんしち》は長谷川町界隈をシマにする老練な岡っ引きだ。八丁堀《はっちょうぼり》から十手《じって》を預かるようになってから、かれこれ二十年とも、三十年とも言われる大人物で、町の人々からの信頼は厚い。蝦蟇のふたつ名は、小鼻の右横にイボがあることに由来していると思われる。

アレ大明神の惣右衛門の話は要領を得ないものだったが、宗太郎には権七の言わんと

していることがなんとなくわかるような気がした。お妙の身を思えば一刻を争う気にもなるが、策もなくやみくもに動けばいいというものでもないのだろう。

勝ちを急いてはいけないのは、剣術と同じだ。ときには、はやる気持ちに手心を加えることも肝要だということを、宗太郎は剣術道場で学んで知っている。

「権七親分がそう言うのであれば、それが最善なのでしょう」

宗太郎が苦渋の選択をすると、三郎太も不承不承ながら承服した。

「わかりやした。でも、最後にもう一度だけ、町木戸を開けてもらって今から高砂橋まで行ってこようと思いやす。浜町川《はまちょうがわ》に落っこちでもしてたら大変ですから」

「やめとくれよ、あんた！　縁起でもない！」

お軽が叫んで、三郎太の胸をぽかぽかと叩いた。その背中を、三郎太はなだめるようにやさしく撫でてやっていた。

このふたりはやはり比翼連理なのだと、宗太郎は場違いなことを思いながらも、心の中でお妙の無事を強く祈るのだった。


翌朝、明け六つに町木戸が開くのを待って、宗太郎、三郎太、惣右衛門、蝦蟇の親分の権七、書役の長兵衛らは、手分けして一斉に高砂町界隈の聞きこみを開始した。

宗太郎が大門通りの商家に片っ端から聞きこみをしたかぎりでは、ひとりで歩いている女の子を見かけたという者は少なからずいるものの、それがお妙なのかどうかを含めて、行方を知る確かな証言はなかなか得ることができなかった。

「黄色地に棒縞の布子を着ていて、笑うと左の口もとに八重歯が見える、色白で目が大きい女の子を見かけませんでしたか？」

会う人、会う人に呪文のように同じ台詞を繰り返した。

「女の子ね、ええ、見ましたよ」

と言われると、興奮してひげが広がり、

「でも、八重歯がありましたかねぇ。どこに向かったかまではわかりませんねぇ」

と言われると、消沈してひげが閉じる。

そうこうしているうちに、いつしか西の空が茜《あかね》色に染まり、椋鳥《むくどり》が群れをなしてねぐらへ帰る刻限になってしまった。

「やむを得んな。一度、長谷川町の自身番に戻って策を練り直すか」

宗太郎の聞きこみでは梨《なし》のつぶてだったが、もしかしたら、三郎太たちは有力な証言を得ているかもしれない。そんなわずかな希望を胸に、宗太郎が古胴買いの広げる筵《むしろ》を避《よ》けて立ち去ろうとしたとき、

「おねこー！　にゃんまみ陀仏にゃごにゃごにゃご！」

という、聞き覚えのある台詞がどこからともなく聞こえた。

宗太郎が声に引っ張られるように振り返ってきょろきょろしていると、胴物屋の脇の新道から編み笠をかぶった猫の托鉢僧が出てくるのが見えた。

「あれは、ねこう院……！」

ガラガラと音の鳴るとこぶしの錫杖《しゃくじょう》が、西日に長い影を作っていた。

お妙は、この猫の托鉢僧について歩いていたのを最後に行方がわからなくなった。

「これはもっけの幸いであるぞ」

ねこう院なら、お妙坊の足取りを知っているかもしれない。

「もうし！」

と、宗太郎はおのれでもびっくりするほどの大声で、猫の托鉢僧を呼びとめた。

「おや。これはどうも、猫先生」

指先で編み笠を軽くつまみ上げてあいさつをする猫の托鉢僧は、ひょっとしたら宗太郎が近くにいることに少し前から気づいていたのではないかと疑いたくなるほどに、ひょうひょうとした口ぶりと足取りで近寄ってきた。

往来の喧騒にかき消されてしまったのか、やはりその足音は聞こえなかった。

宗太郎ははやる気持ちを抑えて、努めて冷静に突っこんだ。

「それがしは猫先生ではないのだが」

「昨日の八重歯の女の子は、貴殿を猫先生と呼んでいたと思いましたけれど？」

「八重歯の……、それはお妙坊のことか？」

「あぁ、そんな名でございましたかねぇ」

猫の托鉢僧が、またしてもニタリと笑ったような気がした。

目鬘《めかづら》の下で、この者は今、どんな顔をしているのであろう？

こやつは何か知っている。何か裏がある。宗太郎は野生の勘で、いやいや、剣客の勘でそう確信した。

「ねこう院、そこもとに訊きたいことがある」

「なんでございましょう？」

「昨日、お妙坊は……」

と、宗太郎が一縷《いちる》の望みをかけて問いかけようとしたとき、ふたりのまわりを近所の子どもたちがくるくると取り囲んだ。

「わぁ、猫と猫だぁ」

「む、それがしは猫ではないぞ」

「猫がしゃべったぁ」

まったくこれだから、子どもというのは。

宗太郎がしっぽりと濡れた鼻を舌先で舐めながら黙りこんでしまっていると、猫の托鉢僧が招き猫を気取った手招きをして前を歩き出した。

「ついて来い、ということか」

数歩遅れて、宗太郎はその背中について行くことにした。

すぐに、浜町川に架かる高砂橋のほとりに出た。このあたりは浜町河岸《がし》の名で呼ばれてはいるが蔵地ではないので、土手下に艀舟《はしけぶね》から荷物を揚げ下ろしする程度のちょっとした雁木《がんぎ》があるだけで、陸と掘割がひどく近い。

水の流れがゆるやかなためか、浜町川はいくぶんか生臭かった。

奇妙奇天烈な白猫姿になってからというもの、この種のにおいを嗅ぐと、なぜか宗太郎の腹が鳴る。焼き魚より、生魚が好きになった。

と、これは今は余談なので措いておくとして。

「ねこう院、そこもとは何者だ?」

「何者……と言われましても、ご覧の通りの托鉢僧にございます」

「僧侶ではなかろう。かといって、物乞いでもない。そこもとの脚絆は、ちっとも薄ら汚れていないではないか」

「つい先日、洗ったばかりでして」

「それに、そこもとからは甘い香りがする。洒落者の道場仲間が使っていたので知っているぞ、それは髪油の花の露のにおいであろう?」

猫の托鉢僧は、よく見ると坊主頭ではなかった。

花の露とは、寛永《かんえい》のむかしから芝神明《しばしんめい》前で売られている伽羅《きゃら》の油のことだ。伽羅といっても香木そのものを使っているわけではなく、晒《さら》し蠟《ろう》に丁子《ちょうじ》や竜脳《りゅうのう》などで香り付けをした水油を練ったもので、曲物《まげもの》に入れて売られている。

江戸っ子はあまり髪や着物ににおいを用いたがらないが、この伽羅の油は婦女や洒落者たちから長年根強い人気があった。到底、物乞いが買える代物《しろもの》ではない。

「なるほど、猫先生は鼻が利くようですね」

猫の托鉢僧が観念したかのように、というよりは、どこかおもしろがるように肩を揺らして猫の目鬘に手を伸ばす。

「いかにも、わたしは物乞いではありません」

悪びれた様子もなく言ってのけると、目鬘の紐《ひも》をゆっくりと解《ほど》いた。

素顔が見えた。

「これは……、驚いたな」

宗太郎は口にしてしまってから、間抜けなことを言ったと気恥ずかしくなった。

目の前に立っている男は、年のころなら二十歳《はたち》そこそこだろうか、おのれよりも三つ四つは若いのではないかと思われる。

しかし、宗太郎は男の若さに驚いたわけではない。

注目すべきは、その美貌だ。ノミで削ったような切れ長の目、面相筆《めんそうふで》で描いたような鼻梁《びりょう》。肌は白いのに、厚くもなく薄くもないくちびるだけが濡れ濡れと紅《あか》い。

「女か……？」

「よしてくださいよ、男ですよ。色男ですみません、中村雁弥《かりや》と申します。芝居町の役者です」

「役者？」

「まぁ、しがない大部屋役者ですけどね」

猫の托鉢僧は正体を現した途端、ざっくばらんな体《てい》になった。

宗太郎は芝居を見たことがない。何せ、剣術と甘い物以外にはなんの興味も持たずに、この年まで生きてきたのだ。裏店《うらだな》暮らしを始めるまでは、芸者と同じで、役者もまた読本や役者絵の中にのみ息づく類のものだった。

「役者が、何ゆえ、物乞いの真似ごとをしている？」

「芝居だけじゃ食べていけないんですよ」

「身も蓋もないことを言うのだな」

「表舞台があれば、裏舞台もあるってことです。売れない若衆《わかしゅ》がもうひとつの顔を持つなんていうのは、よくある話ですよ。扇子の地紙《じがみ》売りにしかり、陰間にしかり」

「かげま？」

「これも芸の肥やしってヤツです。町の人々の驚いたり、笑ったり、ときに怒ったりした顔を間近で見ることが芝居の糧《かて》になるんですよ」

「わからんな」

宗太郎は、雁弥の言い分のどれもこれもがしっくりこなかった。辻斬りが剣客の糧になると言われたような、そんな身勝手さを感じた。

「猫の姿でねこう院、いい洒落でしょう？　にゃんまみ陀仏にゃごにゃごにゃご、早口の稽古にもなりますし」

人を食ったような笑みを浮かべながら、雁弥が宗太郎を指差す。

「でも、あなたの猫面には負けちゃったな」

「それがしは猫の面を着けているわけではない」

「そうなんですか？　じゃあ、その猫耳なんなんです？」

それは、それがしが知りたい。

と、言ったところで埒《らち》が明かないので、宗太郎は本題に入ることにした。

「昨日のことなのだが、そこもとの猫道中にお妙坊がいたであろう？」

「さぁ、どうでしたでしょう」

「あのあとから、ようとして行方が知れんのだ。どのあたりでお妙坊が姿を消したか、覚えてはいないか？」

「へぇ。あの子、本気だったんですね」

雁弥が細い顎に手を運んで、土手にぽつんぽつんと生える土筆《つくし》に視線を落とした。なんでもない仕草のはずなのに、指先や伏せた目もとにヘンな色気があった。

「かわいそうにね、そこまで思いつめていたなんて」

「思いつめる？」

「言っておきますけどね、わたしは悪くないですよ。女の子に心のつかえを打ち明けられたので、説法してあげただけです」

「役者が説法とは聞いたことがない」

宗太郎が食ってかかろうとすると、一拍早く雁弥が身をひるがえした。

「わたしは、女の子がどこに雲隠れしたのかまでは知りませんからね。迷子さがしなら、迷子地蔵に張り紙でもしてみたらどうです？」

「迷子地蔵？」

「あそこには、我が子の身を案じるお父っつぁんとおっ母さんの真に迫った姿があります。信太《しのだ》の森の白狐《しろぎつね》も、ああした顔でひとり子と別れたんでしょうかね」

「シノダの森の白狐？」

「〝蘆屋道満大内鑑《あしやどうまんおおうちかがみ》〟の葛《くず》の葉《は》の子別れ、ご存じないですか？　芝居町では人気の名題ですよ？」

葛湯なら知っているが、と口にしかけた宗太郎だが、やめた。鸚鵡《おうむ》のように訊き返してばかりいるのも、能がない。

ひとかどの役者風を吹かせる雁弥が器用に目鬘を顔に着けて、とこぶしの錫杖をガラガラと鳴らしだした。

「では、わたしはこれで。まだ衆生《しゅじょう》を救う回向《えこう》が済んではおりませんのでね」

「待て、待て、何が回向だ。役者であって、僧侶でもないくせに」

「役者はいいですよ。僧侶にも武士にも盗賊にも髪結いにも、猫にだってなれるんですから」

「演じているだけであろう」

宗太郎は、雁弥が手にする鮑《あわび》の鉄鉢を取り上げようとした。

が、またしてもかわされてしまう。足音さえ聞こえないほどの軽やかな身のこなしは、雁弥が日々、役者として身体を鍛えている証《あかし》なのかもしれない。

「人は誰もが、何かを演じながら生きているのと違いますか？　猫先生だって、猫を演じているんじゃありませんか？　それとも、猫が人を演じているんですか？」

「それがしは武士である」

「なるほど、猫が武士を演じているんですね」

「演じているのではない！」

「アハハ、またお会いしましょう。わたし本当は猫が嫌いなんですけどね、猫先生のことは好きになれそうです」

「ちょこざいな！」

平時は長くひんなりしたしっぽだが、今は毛を逆立てて威嚇《いかく》してやった。が、そんなことはお構いなしに、雁弥はとっとと姿をくらましてしまう。

高砂橋の欄干では、羽を休める椋鳥《むくどり》がやかましく鳴き立てていた。春空はすでに、茜色から紫色へと変わりつつある。

「いかん。一旦、長谷川町の自身番に戻らなければ」

宗太郎は慌てて踵《きびす》を返した。足もとを見ずに一歩を踏み出したため、すぐそばに漬物石のように大きな何かが丸まっていることに気づいていなかった。

危うく行き過ぎかけたところで、背中にじっとりとした視線を感じて振り返る。

「あっ、お前は……！」

天水桶《てんすいおけ》の陰で、一匹の黒猫が香箱《こうばこ》を作っていた。入念に毛づくろいされた毛皮は、いつ見ても天鵞絨《びろうど》を着こんだように美しい。

黒猫は金色の瞳ですくい上げるように宗太郎をうかがうと、ニヤニヤと笑った。猫が笑うというのもおかしな話だが、この黒猫は笑うのである。

半年前の、あの晩も笑っていた。

「問題ない。見張っていなくとも、それがしは世のため、人のために、この〝猫の手〟を貸しているとも」

それは、ひいてはおのれのため。

「御免」

宗太郎は黒猫に義理立ててから、急ぎ足で長谷川町に戻るのだった。

四

長谷川町へ戻る途中、宗太郎は大門通りを足をひょろつかせながら横切っている大家の惣右衛門と書役の長兵衛に出くわした。ふたりは、今にも荷馬に蹴られそうになっていた。

「惣右衛門どの！　長兵衛どの！　危ないですよ、しっかりなさって」

「あぁ、猫太郎さん。いやはや、お恥ずかしい。年を取ると、どうにも足腰からアレになっていけませんね」

「わたしは年じゃないよ、惣右衛門ひとりが老いぼれてるだけでね」

「何を言うか、今のは長兵衛が悪い。あたしが行くぞと声をかけたのに、お前さんがちんたら歩いているから荷馬なんぞにぶつかりそうになるんだ」

「ちんたらしていたわけじゃないとも、お妙坊をさがしていたんだ」

囲碁仲間だという惣右衛門と長兵衛は、何かとふたりでつるんではしょっちゅう喧嘩ばかりしている、ややこしい仲の年寄りだ。ふたりとも孫のいる年の割に、やれ初物だ、やれ下り酒だといい物ばかりを飲み食いしているからなのか、肌などはつやつやしていて足腰がどうこうという老いぼれには到底見えないが、疲れが出ているのだろう。

宗太郎が苦笑いを浮かべていると、惣右衛門は大家の威厳を取り戻すように衿《えり》もとや帯のあたりを整えながら、表情を引き締めた。

「それで、猫太郎さん、お妙坊の行方を知る手がかりにはアレできましたか?」

それがしは猫太郎ではないし、アレもわからないのですが。

という突っこみを入れている場合ではないので、宗太郎はここはおとなしく話を先に進めることにした。

「それが、ひとりで歩いている女の子を見かけたという話はぽつぽつ聞くのですが……。人さがしがこんなに大変だとは知りませんでした。お二方の首尾は、いかがなものでしょう?」

「ええ、ええ、あたしたちも思わしくなくてね」

「そうですか……」

肩を落としかけて、宗太郎は顔を上げる。

「そういえば、惣右衛門どのは迷子地蔵なるものをご存じですか?」

「知っていますとも。ちょうど今、三郎太とお軽がアレしていますよ、さっきすれ違いましたから」

「すれ違った? ということは、その迷子地蔵とは、このあたりにあるのですか? どういったものなのでしょう?」

雁弥が、迷子さがしなら迷子地蔵に張り紙をうんぬんと言っていた。我が子の身を案じるお父っつぁんとおっ母さんの真に迫った姿がある、と。

「三郎太たちが向かったのは両国広小路《ひろこうじ》ですよ。迷子地蔵は、アレです、掛札のようなものですね」

「掛札?」

ぬらりひょんの惣右衛門いわく、

「アレは迷子のしるべ地蔵とも言われていましてね、地蔵の右手が〝しらする方〟、迷子を見つけた人たちが『何色のおべべを着た、何歳くらいの、どこそこに黒子《ほくろ》や切り傷の痕のある子どもを預かっています』と知らせる張り紙をアレできるんですよ」

さらに、八の字眉の長兵衛いわく、

「左手は〝たずぬる方〟、迷子をさがしている親たちが『なにがし、何歳をさがしています。どこそこにアザや火傷《やけど》の痕があります』とたずねる張り紙を貼っておけるというわけです」

とのこと。

「なるほど、それはありがたい地蔵ですね」

宗太郎は話を聞きながら、右を向いても左を向いても人でごった返している町人地ならではの工夫に感心した。

江戸の町では、多くの子どもたちが名前や住んでいる長屋を書き記した迷子札なるものを首から提げている。これさえあれば、もしも迷子になっても、大人たちの計らいによって無事に親もとに帰ることができるからだ。

ごくたまに、迷子札を提げていない子どももいる。そうした場合、自分で住まいを伝えられればいいのだが、幼すぎて名前すらあやふやな子どもなどは、どうしたって親さがしが難航する。かといって、犬猫のように野良にほうってもおけない。

では、どうするかというと、迷子を見つけた町内が町内費で子どもを育てつつ、親さがしをすることになっていた。八丁堀は盗人《ぬすつと》や下手人を追うのに手いっぱいで、迷子までは追ってくれないのだ。

「アレはありがたいですよ。迷子地蔵のおかげで、迷子の子どもと親が出会えたっていうアレはいくらでもありますからね」

「では、そこへ張り紙をしておけば、お妙坊も見つかるかもしれないのですね」

宗太郎は光明を見出《みいだ》した気がして声を明るくしたが、長兵衛はいつも以上に眉尻を下げて神妙な顔をしていた。

「しかしだよ、それは迷子だったらの話だろう。もしも、かどわかしに遭ったんだとしたら……」

「長兵衛、めったなことを言うんじゃないよ」

「惣右衛門、わたしだって言いたくはないが、お妙坊はもう八つだよ？　迷子っていうのはどうなんだろうね。しっかり者のあの子なら、自分の住まいが長谷川町の三日月長屋だってちゃんとわかっているはずだよ？」

それなのに帰って来ないのは、帰りたくても帰れない何かに巻きこまれているからなのではないか……。

長兵衛は言葉を選びながら、もごもごとしゃべっていた。

本音を言うと、宗太郎も頭のどこかで長兵衛と同じことを考えていないわけではなかった。高砂町の書役が見かけた女の子がお妙なのだとしたら、急ぎ足でいたというのが気にかかる。

よもや、何者かに追いかけられて逃げていたのだとしたら……。

そこまで考えて、宗太郎は慌てて耳の穴を深くかっぽじった。悪い思量は耳の穴からほじくり出して、ふーっ、と息をかけて勢いよく吹き飛ばすにかぎる。

なぜなら、言の葉には魂が宿る。言葉にしたら、悪い思量が現実のものになってしまうかもしれない。

「三郎太どのたちを追いかけて、それがしも両国広小路へ参ろうと思います」

「それがいいかもしれませんね。今はあのふたりはアレですから、そばについていてやってくださいな」

「承知」

宗太郎は惣右衛門と長兵衛に頭を下げ、来た道を戻っていった。


宗太郎は雁弥と別れたばかりの浜町河岸へ戻り、高砂橋のひとつ西に架かる栄橋《さかえばし》を渡って、薬研堀《やげんぼり》から両国広小路へ向かった。

両国と言えば、浅草寺《せんそうじ》奥山《おくやま》と並ぶ江戸切っての遊興地だ。大川をはさんで西広小路、東広小路のふたつの盛り場がある。

回向院を有する川向こうの東広小路には大山詣《おおやまもう》での講中《こうじゅう》が身を清める水垢離場《みずごりば》があり、遊興客だけでなく参詣客も多く押し寄せるため結構な賑《にぎ》わいを誇ったが、それでもいつでも芋の子を洗うような西広小路の活気には到底及ばない。それゆえに、単に両国広小路と言えば西広小路のことを指し、東広小路は向こう両国と呼ばれていた。

宗太郎が両国広小路に着くなり、川風に乗って浅草寺の時の鐘が聞こえてきた。

「暮れ六つ（午後六時ごろ）の鐘か……」

菰張《こもば》りの芝居小屋や見世物小屋、はたまた、石部金吉な宗太郎には縁のないいかがわしげな小屋が肩を寄せ合うようにして建つ広小路は、日没を迎えて、ますます活気づいているようにも見えた。

広小路というところは大火が起きたときのための火除《ひよ》け地なので、本来は小屋を建ててはいけないことになっている。そこで明け六つを待って菰囲いの仮小屋を組み上げ、暮れ六つにはまた片付ける決まりになっていた。

あちこちの小屋が撤収を始めるのを横目に、宗太郎は大川沿いを北へ進み、両国橋のたもとを目指した。このあたりは川風が気持ちいいので岡涼みと呼ばれており、大川沿いに延々と茶屋が建ち並んでいる光景は圧巻だった。

「お、いたぞ」

岡涼みを抜けると、三郎太とお軽はすぐに見つかった。橋番所のそばに、ふたりの姿はあった。

しかし、近寄って声をかけようとして、どう声をかければよいのか、宗太郎のざらりとした舌先からはなんの言葉も出てこなかった。お軽が、三郎太に肩を抱かれて泣いているように見えたからだ。

ふたりの前にあるのが、迷子地蔵なのだろう。地蔵の左右の手に貼られた張り紙が、川風に吹かれてはたはたとおぼつかなく揺れていた。暮れなずむ空の下で、それはまるで幼子《おさなご》が手を振っているようにも見えた。

迷子地蔵のぐるりには、我が子をさがしているのであろう涙にくれる夫婦が何組もいて、また、迷子を預かっているのであろう町内の大家や書役と思われるご隠居風の姿も少なくない人数集まっていた。

冬でもないのに、みな一様に背中を丸めている。猫でもないのに、猫背になっている。その場に集う誰もが、空から伸びる見えない手に、両肩を押さえつけられているみたいだった。

『あそこには、我が子の身を案じるお父っつぁんとおっ母さんの真に迫った姿があります』

雁弥の言っていたのはこういうことであったのかと、宗太郎は松葉に似たひげをたくわえる口を引き結んだ。

今、目の前に、こんなにも困っている人たちがいるというのに、おのれの〝猫の手〟のなんと無力なことか。うがった目で見ることなく、この業の深い我が身を快く受け入れてくれた三日月長屋の面々や江戸という町のために、それがしに何ができるのであろう。何もできていないのではないか。

宗太郎はあずき色の肉球のある手を見つめて、ぐっと強く握り締めた。

と、そのとき。

「む、この足音は……」

小屋を撤収する男たちの大声、椋鳥《むくどり》のさえずり、大川から聞こえる船頭の美声に混じって、どこからか聞き覚えのある足音が聞こえた。

重たげに踵《かかと》を引きずる、歩幅の小さな歩き方。そう、子どもが背中に弟や妹をおぶっているときの足音だ。

「お妙坊か？」

宗太郎は素早く一帯を見回した。

お妙はいつも、背中に末の弟をおぶっていた。

「いや、しかし、お妙坊が行方知れずになったときは、梅吉を背負ってはいなかったはずであるぞ」

猫道中に加わっていたお妙は、軽やかな足取りだった。

「では、これは誰の……」

三《み》つ鱗《うろこ》の形の耳をピンと立てて、宗太郎は足音の気配をたどった。

やはり間違いない、これはお妙坊の足音だ。梅吉を背負っていないのに、何ゆえ、こんなにも踵を引きずっているのかはわからないが、怪我《けが》をして足が上がらないというのとも少し違うようだ。

剣客の勘などと、まだるっこしいことはもう言わない。宗太郎は野生の勘で、お妙だと確信していた。人よりも聞こえのいい耳でよかった。夜目の働く目でよかった。

「どこだ、お妙坊」

折しも、たそがれどき。日が暮れて通りも四辻も薄暗くなり、行き交う人の顔がわからなくなるので、

『誰《た》そ、彼は』

と、問う時分。

宗太郎は耳をそばだて、金色の目を細め、鼻をひくひくと広げて懸命にお妙の姿をさがした。

刻限も刻限なので、広小路に子どもの姿はとんと見受けられない。よい子は長屋で母親が夕餉《ゆうげ》を作る手伝いをしているか、手習いの予習復習に精を出しているか、やんちゃな子は遊び疲れてごろごろと横になっているころだろう。

両国橋を背に、宗太郎は右から左へとゆっくり目を配った。

見えるものといえば、そろいの半纏《はんてん》を身にまとう大工の一行が大股で家路を急ぐ姿だったり、いかにも裕福そうな商家の大旦那が若い手代を叱りつけながら柳橋《やなぎばし》へ消える光景であったり。

「わからんな、見失ったか……」

もう一度、宗太郎は今度は左から右へと首をめぐらせてみたが、どこにも黄色地に棒縞の布子姿を見つけることはできなかった。

人が多すぎるのだ。あまたの足音、あまたの姿にもまれ、線香の煙よりもはかないお妙の気配は、たちどころに人の海に流されてしまっていた。

「人さがしもできんとは……、なんのための猫の手屋か」

長屋の迷子ひとり救えずに、世のため、人のための善行など積めるはずがない。

「また黒猫に笑われるぞ」

きっとあやつは、今もどこかで事の顚末《てんまつ》を見ているに違いない。

宗太郎が苛立《いらだ》たしげに長くひんなりしたしっぽを袴《はかま》に叩きつけていると、背後から不意に声をかけられた。

「おや、猫先生？」

ギクリとして振り返ると、立っていたのは三郎太だった。

「猫先生、こんなところで何をしてるんすか？」

「あ……、いや、その、三郎太どのたちを迎えに参った次第です。迷子地蔵に向かったと、惣右衛門どのに聞いたもので」

「そうでやんしたか、それはどうも」

三郎太はもっこを担いで歩くように、重たげに足を踏み出した。そのあとを追うお軽は、何度も立ち止まって、泣きはらした目で迷子地蔵を振り返っていた。

「ほら、軽、危ねぇから前向いて歩きな」

「あんた、でも、迷子地蔵が気になって」

「明日の朝、また来よう。何度でも来よう」

ふたりの重苦しいやり取りから、迷子地蔵にいい知らせはなかったのだということがわかる。

つい今しがた、すぐ近くにお妙の気配を感じ取ったことを伝えるべきか、宗太郎は迷ったが、今はまだ言わないでおこうと口をつぐんだ。不確かな知らせは、いたずらにふたりの心を騒がせるだけだ。

そもそも、先ほどの足音がお妙坊のものだったとして、何ゆえに姿を見せてくれなかったのか。両親にも、それがしにも気づいていなかったのであろうか?

それとも、長兵衛どのがもごもごと口にしたように、帰りたくても帰れない何かに巻きこまれているのでは……。

たまさかにもそんなことがあってたまるか、という言葉を呑《の》みこんで、宗太郎はぶるるんと頭を振った。ついでに耳に入った水を出すように片耳を下にして、大きくけんけんもしておいた。

「猫先生、いかがしやした？」

「いや、お気になさらず。耳に虫が入ったようです」

悪い思量という名の虫がこれ以上大きくならないように、宗太郎は今ここできっちり捨てておこうと思った。

「なぁ、軽。妙のことはおいらのせいよ」

三郎太が湿った声になった。

「何言ってんだい、あんた」

「おいらがだらしねぇから、罰《ばち》が当たったのよ」

「やめとくれよ。そんなこと言ったら、あたしが母親として力不足だから……」

みなまで言わずに、うっ、とお軽が言葉を詰まらせた。

「軽は、むかしから江戸いっちの女でい。祝言《しゅうげん》挙げてからは江戸いっちの嬶《かかあ》で、母親
で、おいらはお前の息子になったみたいに甘えちまってた」

「むかしからじゃないのさ、あんたの甘え癖は」

「はは、そうだったな」

「あんたに甘え癖をつけちまったのは、あたしだよ。あんたのことがほっとけなくて、
小さいころからずっと、あたしがなんでもやってあげたのがいけなかったんだ」

夫婦がぽつぽつと本音で語り合う。

「だからね、あたしは、これからもあんたの面倒をちゃんと見ていくつもりだよ」

「それを言うなら、おいらだって軽を見てるぜ。面倒を見てやるだけの甲斐性《かいしょう》はねぇかもしれねぇが、軽を見守ることはできるからよ」

「あんた……」

「軽だけじゃねぇ。妙と松吉と竹吉と梅吉のことも見守ってやるとも。おいら、みんながそろっていねぇと……、家族がそろっていねぇと……いけねぇや」

「いやだよ、あんたって人は子どもたちにまで甘えるつもりかい？　どんだけだらしない父親なんだろうね」

言葉とは裏腹に、お軽の声音はやさしかった。

宗太郎は夫婦の会話を聞くとはなしに聞きながら、このふたりはやはり比翼連理なのだと何度もうなずいた。

「大丈夫、きっとお妙坊は大丈夫だ」

誰にも聞こえない声でつぶやいて、二十六夜の月を拝む気持ちになる。

今夜の月は二十六夜でもないし、何をもって大丈夫なのかと問われれば答えに窮するが、これもまた言霊《ことだま》というやつだ。

こんなに両親に愛されている子どもに最悪の事態などあってたまるものかという強い願いを、月光の中に現れるという弥陀三尊《みださんぞん》が聞き逃すはずがないと信じたかった。

三日月長屋に戻った宗太郎たち三人をまっ先に出迎えてくれたのは、菜箸を手にした常磐津の師匠の文字虎だった。袂《たもと》が邪魔にならないように襷《たすき》をかけ、前垂れ掛けをしている格好で、表店のなん八屋つるかめから出てきた。

「お前さんたち、ずいぶんと遅いおかえりじゃないのさ。大家さんはとっくに帰ってきてるってのに」

「文字虎、悪いね。店番を頼んじまって」

お軽が頭を下げると、文字虎が柳眉を吊り上げて菜箸を振る。

「よしとくれよ、うずらかめの女将が頭を下げるなんて気持ちが悪いったらないね。あたしは損なことはしないよ、あんたに恩を売っておくのが得だと思っただけさ」

「小虎ちゃんは、どうしてるんだい?」

「大家さんのとこで預かってもらってるよ。あそこのお内儀さんは、あんたと違って馬鹿力じゃないからね」

「そうかい」

お軽は言葉少なだった。

顔を合わせれば、いつもぽんぽんと言い合うのが恒例行事となっているふたりだけに、文字虎はお軽の青菜に塩の受け答えに尻の座りが悪いような顔をしていた。

「梅吉坊たちには夕飯を食べさせておいたよ。っていっても、店のお菜を勝手に並べただけだけどね」

「あぁ、助かるよ」

「あんたたちは何か食べたのかい？」

「いいよ、あたしたちは……何も喉を通らないから」

お軽と三郎太が顔を見合わせ、小さくうなずき合う。ふたりとも、今日は朝から何も食べていないのかもしれない。

「お妙ちゃんが帰ってくるまで何も食べないつもりかい？　そんなんで干上がって倒れられちまったら、こっちが迷惑なんだよ」

「迷惑かけちまって、すまないね」

「だから、頭を下げてほしいんじゃないんだよ」

文字虎がいらついているのがわかるので、宗太郎は間に入った。

「まぁ、立ち話もなんですから、とりあえず座って話しましょう」

「猫太郎さん、お前さんもだよ」

「む、それがしも？」

「煮干ししか食べてないんじゃないのかい？　そんなんじゃ、いつまで経っても人に化けきらないよ」

「なんと……」

宗太郎は絶句して、懐にしのばせていた懐紙に触れた。懐紙の中に煮干しを入れて持ち歩いていることを、何ゆえ、文字虎どのは知っているのであろうか。そんなにもそれがしは煮干し臭かったか、と宗太郎は目を泳がせる。

煮干しは高価な鰹節《かつおぶし》の代用品として、主に上方《かみがた》から西国にかけた地域で生産、消費されているため、江戸では馴染みの薄い食材だ。

料理に疎い宗太郎は以前はその存在すら知らなかったが、お軽の親戚筋に上方へ嫁いで料理屋をしている者がいるとかで、なんハ屋つるかめでは出汁《だし》を取るのにちょくちょく煮干しを使用していた。

宗太郎はこの煮干しに出会うなり、たちまち、やや生臭いうまみに魅了された。出汁を取るときは頭やはらわたを千切って捨てるらしいが、もったいない、そこがうまいのにわかっていない。小腹が空いたときや口さみしいときに頭ごとばりばりと食すと、たまらずゴロゴロと喉が鳴った。

「いいかい、腹が減っちゃ戦《いくさ》はできないよ。鰻《うなぎ》の蒲焼《かばや》きを折り詰めにしてもらってあるから、こっちに来てさっさと食べな」

「鰻を？　あたしたちの分をかい？」

お軽が胡乱《うろん》げに訊くと、文字虎は面倒臭そうに答える。

「言っとくけど、屋台の安もんじゃないよ。あたしがむかしから世話になっている柳橋の料理茶屋でこさえてもらったもんだよ、せいぜい精をつけることったね」

「お代は……」

「ケチなこと言わせるんじゃないよ、この文字虎さまのおごりだよ」

「文字虎、あんた……」

「おっと、小言はよしとくれな。どうせ、あたしは銭にモノを言わせることしかしない女だよ。買った折り詰めで恩を売っちゃ悪いかい？」

「いいや……、いいや」

お軽はうつむいて、首を横に大きく何度も振っていた。

ありがとう、というお軽の蚊の鳴くような声は春の夜風に吹き飛ばされてしまっただろうか、いや、ちゃんと文字虎に届いているようだ。

文字虎はそっぽを向いていたが、白い指先で黒繻子《くろじゅす》を縫いつけた衿もとをいじる横顔は、年端のいかぬ娘子のように面映《おもは》ゆそうだった。

「よし、ここはごちそうになろうや。明日もまた歩くぜ、軽」

「そうだね、精をつけようかね」

三郎太がお軽の背中を押して、なん八屋つるかめの店内に入っていく。

「ほら、猫先生もご一緒に」

振り返って手招く三郎太を目で追いつつ、宗太郎は胸にこみあげてくるものをこらえきれなかった。三郎太の肩越しの笑顔が、お妙に至極似ていた。

三郎太夫婦や文字虎、大家をはじめ、店子《たなこ》たちが一丸となって迷子をさがしている今のこの三日月長屋の様子を、宗太郎はお妙に見せてやりたいと思った。いつも両親の不仲を気にかけていたお妙が見たら、きっとよろこぶ。

なぁ、お妙坊、早く元気な姿で帰ってきておくれ。みんなに、八重歯ののぞくまぶしい笑顔を見せておくれ。

お妙の無事を何度でも祈りながら、宗太郎は煮干しを包んだ懐紙を懐手でむんずと丸めた。そして、ふと思う。

大人に大人の事情があるように、子どもにも子どもの事情というものがあるのであろうか？　大人には言えないような何かがあるとすれば、それは一体、どういうものなのであろうか？

そんなことをぼんやりと考えて、宗太郎は夜空を見上げた。

東風が吹いていた。松葉に似たひげが、心なしか重く感じる。

「明日は、雨になるかもしれんな」

宗太郎は〝猫の手〟で松葉に似たひげをしごいてから、なんか八屋つるかめの暖簾《のれん》をくぐった。

翌朝、江戸の空は宗太郎が予見したとおり、今にも泣き出しそうな色をしていた。梅雨《つゆ》にはまだ少しばかり早いが、春のおわりから夏のはじめにかけて長雨が続くことがある。春霖《しゅんりん》とも、菜種梅雨とも呼ばれる雨だ。

雨が降り出せば、昼日中でも思いがけず冷える。そうなったときに、お妙坊は屋根や壁のある場所で雨風をしのげるのだろうかと気を揉《も》みながら、宗太郎は明け六つの鐘を合図に、三郎太夫妻に付き添って再び両国広小路の迷子地蔵へとやって来た。

「ゆんべと同じだな、新しい張り紙はねぇや」

迷子地蔵の右手の〝しらする方〟に貼られた張り紙をめくりながら、三郎太が肩を落とす。その横で、お軽はまためそめそしていた。

そんなふたりからそっと離れて、宗太郎は広小路を見回した。

一帯には、すでに菰張《こもば》りの芝居小屋や見世物小屋などが手際よく組み上げられつつあったが、それと同時に朝飯の刻限であるために、そこにもここにも泥付きの蔬菜《そさい》を売る青物市が立っていた。

もしくは、てらてら光る鮮魚や、豆腐、納豆などを担いで売り歩く棒手振《ぼてふ》りの姿が目立つ。こうした物売りは、朝晩決まった刻限に長屋の木戸内にまで入りこんで商いをするので、ここのところの宗太郎などは毎朝、納豆売りの声で目を覚ましていた。

江戸の一日は雀《すずめ》や烏《からす》の鳴き声ではなく、物売りの威勢のいい声から始まるのだ。

「三郎太どの、それがしは少し界隈を歩いてみようと思います」

「すんませんね、猫先生」

「それがしは猫の手屋、それがしにできることをしているだけです」

「妙は猫先生を慕っておりやしたから、よろこぶでしょう」

そうだとしたらうれしいが、と宗太郎は歩き出しながら考える。

お妙坊がもっともいい笑顔を見せてくれるのは、両親が身を寄せ合っている光景を目にしたときではないであろうか。

その笑顔を見るために、宗太郎は足を棒にして懸命に小さな姿をさがした。

すると、今朝もまた喧騒のどこかで足音がした。重たげに踵を引きずる、歩幅の小さな歩き方だ。

「お妙坊!」

宗太郎は後先考えずに叫んでいた。

「どこだ、お妙坊!」

宗太郎の突然の大声に驚いたのか、すれ違った浅蜊《あさり》売りが危うく天秤棒《てんびんぼう》を落としかけていた。あるいは、化け猫がいると身構えたのかもしれないが、今はそんなことはどうでもよかった。

「どこだ、お妙坊を見つけなければ……！」

目を皿にしてあちこちをうかがう。

すると、大川沿いに建ち並ぶ岡涼みの葭簀《よしず》に隠れて、黄色地に棒縞の布子を着た子どもが立ち尽くしていた。

お妙坊だ。両手を胸の前で握り締めて、じっと何かをうかがっているようだった。

「何を見ているのか？」

お妙の目線をたどれば、その先には迷子地蔵があり、馬酔木《あせび》の花のようにぐったりと頭《こうべ》を垂れている三郎太とお軽の姿があった。

親と子は、何軒もの茶屋に隔たれていた。お妙はあえて、両親に見つからないように遠く離れた位置に立っているようにも見える。

「これは、どういうことか？　親御どのに気づいているのなら、何ゆえ、駆け寄って姿を現さない……？」

宗太郎が逡巡《しゅんじゅん》している合間にも、お妙が立ち尽くしている茶屋の手前を布子の山を担いで歩く古着売りが横切り、小さな姿は見えなくなった。

「むっ」

いかん、見失う。

宗太郎は急いで駆け出した。武士は、よほどの有事でもないかぎり走らない。武士とは常に泰然自若としているものだと教えられて育ったが、今がその有事だとおのれに言い聞かせる。

「お妙坊！」

宗太郎は再び叫んだが、その眼前にひょっくり立ちはだかる大きな影があった。

とこぶしの錫杖《しゃくじょう》をガラガラと鳴らしている、猫の托鉢僧だった。

「お前は……、雁弥」

「おはようございます、猫先生」

自称、大部屋役者の中村雁弥。相変わらず、不愉快な目《め》蔓《かづら》だ。

「今日も見事な猫耳ですね」

「余計なお世話だ。それがしは忙しいのだ、そこをどけ」

宗太郎は脇をすり抜けて前に出ようとしたが、甘い香りを漂わせて雁弥も動く。

「つれないじゃないですか、同じ猫だっていうのに」

「そこもとは猫ではないであろう」

一拍おいてから、

「それがしも猫ではないがな」

と付け足して、宗太郎は反対側に足を踏み出した。

が、またしても雁弥が動く。

「猫先生、何をそんなに慌てておいでです？」

「邪魔立て無用ぞ」

話をしながらも、宗太郎はゆっくりと移動する古着売りから目を離さなかった。

あの向こうに、お妙坊がいる。岡涼みの葭簀《よしず》に隠れて立っているはずである。

「猫先生と、昨日のお話の続きをしたくて待っていたんですよ」

「昨日の話？」

「八重歯の女の子のことです」

「お妙坊の？」

宗太郎は、目鬘の奥の雁弥の目を見た。もっと濁っているのかと思いきや、朝の日差しの下にいるせいか、その瞳は意外にも澄んだ色をしていた。

「猫先生からお話を聞きましてね、わたしなりに女の子をさがしてみたんです。わたしの説法で騒動が起きたとあっちゃ、寝覚めが悪いですからね」

「何が説法か。お妙坊に何かあったら、ただではおかないぞ」

「猫の耳に念仏」

「そこもとは、それがしを怒らせたいのか？」

宗太郎は、にゅっ、と鋭い爪を立てて雁弥をにらんだ。

そして、金色の目を古着売りに戻して愕然《がくぜん》となる。

「いない……！」

お妙の姿が忽然《こつぜん》と消えていた。

「今の今まで、あの岡涼みの葭簀に隠れていたのがいない！」

宗太郎は雁弥の目鬘を爪で鉤裂《かぎざ》きにする勢いで前に飛び出そうとしたが、とこぶしの錫杖を横にして通せんぼされる。

「猫先生、爪はいけませんって。そんなにちっぷかっぷと怒りを煮え立たせないでやってくださいよ」

「怒らせるようなことをしたのは、どこのどいつだ！」

「女の子だって悪気はないんですから」

「ぬ？　誰に悪気がないと？」

「女の子はね、ちっくり隠れんぼをしているだけなんですよ」

「隠れんぼだと？」

「やさしい鬼がさがしてくれるのを、待っているだけなんです」

雁弥が指先で編み笠を軽くつまみあげて、先ほどまでお妙のいたあたりを見やった。

続けて、迷子地蔵へと顔を振る。そこにはまだ、〝しらする方〟の張り紙を見つめる三郎太とお軽の姿があった。今しがたまでほんの近くに娘がいたとも知らずに、涙に濡れてうな垂れている。

「雁弥、そこもとは何を知っている？」

「拙僧はまだ修行の身、衆生のことは何もわかりません」

「ひっかくぞ」

宗太郎が伝家の宝刀である鋭い爪を今一度見せると、猫の托鉢僧は麻の法衣姿をわざとらしくすくめてみせた。

「おっかない化け猫ですこと」

「それがしは化け猫ではない、猫の手屋宗太郎である」

「おや、猫先生はそんなお名前でしたか」

くすくす、と雁弥が声に出して女のように笑う。笑っている場合かと腹立たしく思う反面、おのれもまた怒っている場合なのかと頭が冷えてくる。

今は、言い争っているときではない。

「雁弥、隠れんぼとはどういうことか？」

「知りたいですか？」

「そこもとの説法とやらを聞かせてもらおうではないか」

宗太郎が素直に応じると、雁弥は満足げに大きくうなずいた。

「いいでしょう。猫の手屋さん、どうぞわたしについておいでなさいな」

このときも、歩き出した猫の托鉢僧の足音はやはり聞こえなかったが、遠くの空から駆け足で近づく春雷は、しかと宗太郎の耳に聞こえていた。

五

「おっ母さん！」

「お妙！　お妙、無事だったのかい！」

昼過ぎ、重く垂れこめた空から絹糸のような雨がほろついてきた。

ときどき、春雷が地鳴りのようにとどろく。

その直前に、宗太郎はお妙を連れて三日月長屋に帰ってきていた。ともすれば、この雨は親子の再会をよろこぶ、うれし涙なのかもしれない。

「猫先生、ありがとうございやす。ありが……うっうっ」

なん八屋つるかめの店先でお軽がお妙を抱き締めるすぐ横で、三郎太は激しく肩を上下させながら泣き濡れていた。

「お妙……、よかった……。猫先生、よかった……」

と、涙やら鼻水やらであられもない顔になっているその姿は、もはや女好きのする色男形無《かたな》しである。

「お父っつぁん、ごめんなさい」

「いいんでい、お前が無事ならそれでいいんでい」

「お父っつぁんらしくないね、おひげが生えてる」

「そりゃそうよ、この二日、なんも手につかなかったんだからよ」

三郎太に頰を撫でられて、お妙はとてもうれしそうだった。

二日間の騒動を経て、きれいに結ってあった桃割れはやや崩れ、目の下には疲れの色が出ているものの、お妙は周囲の心配をよそにいたって元気な様子だった。

「猫太郎さん、これはどういうアレですかね？　何がアレして、無事にお妙坊を見つけることができたんです？」

年寄りは涙もろい。お軽や三郎太を飛び越えて目を真っ赤にしている惣右衛門に説明を求められ、宗太郎はしっぽりと濡れた鼻を舌先でペロリと舐めた。

「それが……」

言いよどみ、宗太郎はお妙を見た。

そして、今朝がたの出来事を思い浮かべた。

両国広小路の北を流れる神田川《かんだがわ》沿いには、浅草寺へ通じる浅草御門から内神田の筋違《すじかい》御門まで、およそ十町にわたって柳の木が植えられた土手が続いている。

その名も、柳原《やなぎわら》土手と呼ばれるものだ。この土手は昼間は古着を売る床店《とこみせ》がびっしりと並び、大層な賑わいになることで知られている。

また筋違御門に近いところには、柳森《やなぎもり》稲荷という商売繁盛にご利益がある古い社《やしろ》が鎮座し、参拝客も多かった。

宗太郎は雁弥に連れられて、早朝の柳原土手を歩いた。神田川のせせらぎが耳に心地よく、風に揺れる若葉色の柳は目にやさしかった。

しばらく進むと柳森稲荷と筋違御門の間あたりの土手下に、そこだけやけに草の生い茂る、小さな岡らしきものが見えてきた。雁弥の話ではここには洞穴があり、清水が湧き出ているので清水山とも呼ばれているとのことだった。

『ただですね、ここ、洞穴から聞こえる風の音が不気味がられているのか、あんまり人が近寄らないんですよね。誰も草を刈ろうとしないから、ほら、大人の背丈ほども伸びているんです』

隠れんぼには、ちょうどいいでしょう？

雁弥が内緒話をするように、宗太郎の三《み》つ鱗《うろこ》の形の耳もとに目鬘《めかづら》を着けた顔を寄せてささやいた。

そんな雁弥を突き飛ばし、宗太郎はただちに草を踏み分け、清水山へと駆け下りていった。

『お妙坊！』

洞穴のほとりで膝を抱えて震えているお妙を見つけたとき、宗太郎のしっぽは驚き入って太くなったり、安堵《あんど》と喜びで立ち上がったり、それはもうせわしなく動いていたことだろう。うれしいことがあったとき、犬はがむしゃらにしっぽを振るが、猫は天に向かってえいやと押し立てる。

『猫先生、ごめんなさい、ごめんなさい』

お妙は宗太郎の袴《はかま》にしがみつき、何度もそう繰り返した。

ぜんたい、お妙に何が起きていたのか、知ってしまえば真相は肩透かしを食うものだったのだが、どうやって一同に語って聞かせるのが最善かと宗太郎が鼻をペロペロしながら考えていると、

「あたしがぜんぶ話します。あたしがいけないんです」

と、お妙が母親ゆずりの二重の目もとを涙で光らせながら、しっかりとした口調で言い切った。

「お妙坊、気持ちは落ち着いたか？」

「はい、もうだいじょうぶです」

それならば、本人の口から打ち明けるのが最善だろう。

「お妙、どういうことだい？」

お軽が雨でぬかるみだした地面にひざまずいて目線を合わせると、お妙は少しだけ気まずそうに身をよじった。

「あたし、おっ母さんとお父っつぁんがけんかばっかりしてるから、なかよくしてもらいたくて……、猫のお坊さんにそうだんしたの」

「猫のお坊さん？」

「先日やって来た、ねこう院のことです」

と、宗太郎は忌々《いまいま》しげにその名を口にした。

「猫のお坊さんはね、かくれんぼをすればいいって教えてくれたの。あたしがどこかにかくれてしまえば、おっ母さんとお父っつぁんが手をつないで迷子地蔵までさがしにきてくれるはずだって」

それを物陰から見ていてごらんよ。おっ母さんとお父っつぁんは、決して仲が悪いなんてことはないってわかるはずだよ。

猫のお坊さんこと、中村雁弥は、そう言ってお妙をなぐさめたそうだ。

雁弥いわく、よかれと思ってした説法らしいが、宗太郎から言わせてもらえば、こんなものはなぐさめでもなんでもなく、ただの入れ知恵にしか聞こえない。

しょせん、雁弥は役者なのだ。坊主を演じることはできても、坊主になれるわけではない。

「馬鹿だよ、この子は。あたしの目の届かないところで、隠れんぼなんかしてるんじゃないよ」

お軽はいつものきいきい声ではなく、雨音にかき消されてしまいそうなか細い声をしぼり出していた。

「でも、本当に馬鹿なのはおっ母さんとお父っつぁんだね。あたしたちがお妙を心配するのと同じで、お妙もあたしたちのこと心配してくれたんだもんね」

「だって、あたし、おっ母さんのこともお父っつぁんのこともだいすきだから」

「あたしたちだって、お妙のことが大好きさ」

「ほんとう？　おっ母さんたちがけんかばっかりするから、もしかしたら、あたしはいらない子なのかって思った」

「いらねぇはずがねぇ！」

黙って話を聞いていた三郎太が、急に駄々っ子のように地団駄を踏んだ。

「軽が大事に育てた、おいらの大事な娘でい！」

両手を振り回して、言い切った。

それを聞いたお妙は、八重歯を見せて笑っていた。顔がびしょ濡れなのは涙なのか、雨なのか、いずれにせよ、その一滴一滴がお妙の笑顔を曇らせていた澱《おり》をきれいさっぱり洗い流してくれたようだった。

このとき、宗太郎ははたと気づいた。ひょっとして、これが子どもの事情というものなのか、と。

両親にとって自分はいらない子なのかもしれないという不安は、子どもにとっては、とてもじゃないがおそろしくて口にできる悩みではなかったはずだ。自分のせいで両親の喧嘩が絶えないのかと思ったら、足もとから砂になって風に飛ばされていくほどに心細かったことだろう。

そうした不安をぐっと呑みこんでいるうちに、それが澱となって心の奥底に溜《た》まっていった。ましてや、子どもは純だ。塩梅《あんばい》を知らない。お妙はちょっとの隠れんぼで収まらず、迷子地蔵をうかがったあとも夜通し隠れ続けてしまった。

そうなると、今度は出るに出られなくなってくる。言い合いひとつせずに身を寄せ合っている両親の姿を目の当《ま》たりにしてうれしく思うと同時に、自分が思っていた以上に悲嘆にくれる背中を見つめることにもなってしまって、ますます帰る潮を見失ってしまった。

両国広小路で宗太郎が聞きなしたお妙の足音が、末の弟を背負っていたわけでもないのに重たげに踵《かかと》を引きずるように聞こえたのは、そうしたやましい気持ちを背負っていたからだったのだろう。

清水山を隠れ家にしたのは、すれ違った人の噂話から、あそこなら人が寄りつかないということを知ったからなのだそうだ。風の音は怖かったが、日が暮れると狸《たぬき》の親子がやって来てかわいかった、とお妙は話してくれた。

「おっ母さん、お父っつぁん、ごめんなさい」

お妙は姿勢を正して、集まっていた長屋の大人たちにも頭を下げる。

「みなさんにも、しんぱいかけてごめんなさい」

「そうだよ、心配したんだよ。お妙坊はね、三郎太とお軽のアレだけれどもね、あたしたち長屋みんなのアレでもあるんだからね」

「惣右衛門、アレじゃわからないだろう。お妙坊は、わたしたちみんなの娘ってことだろうよ。いや、孫か」

惣右衛門の脇腹を小突く長兵衛も、目ばかりか鼻までが真っ赤だった。

こうしたところに、文字虎が茶々を入れる。

「まったく、血は争えないねぇ。うずらかめの女将の娘だけに、くだらないことで大騒ぎしてくれたもんだよ」

「ちょいと、文字虎！　うちの娘に文句があるってぇのかい！」

「お妙ちゃんに文句があるんじゃないよ、女将にあるんだよ。これからは、せいぜい、似た者夫婦でしんねこを決めこむこったね」

「あんたに言われなくたって、そうするさ！」

お軽の調子が戻ってきて、さっそく文字虎と角を突き合わせだした。思いなしか、ふたりとも楽しそうな顔をしていた。

「文字虎姐《ねえ》さん、ありがとう」

「お妙ちゃん。次に隠れんぼするときは、あたしにひと声かけな。もっとうずらかめの女将をぎゃふんと言わせてやろうじゃないのさ」

それだけ言うと、文字虎はひらひらと手を振って長屋に入っていった。

「さぁさぁ、雨足が強くなってきやしたよ。みんなも中に入って、いやいや、つるかめに入ってくんな! 今日は、おごりだよ!」

三郎太が手を叩いて一同を急《せ》かすと、みんな我先にと表店へ押し寄せていく。

聞こえる足音は、どれも弾んでいるように宗太郎には聞こえた。

「猫先生もはやく入って、たくさんたべていってね」

宗太郎が最後尾で雨空を見上げていると、お妙が駆け寄ってきて袖を引っ張った。

「ふむ。よかったな、お妙坊」

「うん」

「親にとっていらない子などは、いないぞ。犬猫であっても、親は子を大切にする」

そして、子もまた親を大切にしなければならない。

裏店暮らしをするようになってから一度も会っていない両親の顔を思い浮かべて、宗太郎は業の深い身体を嘆いた。いつの日か、必ず元のおのれの姿に戻ってみせようという思いも新たに、一度きつく目を閉じる。

再び目を開いたとき、お妙はまだしっかと宗太郎の袖をつかんでいた。その小さな手にあずき色の肉球のある手を重ねて、宗太郎は噛《か》んで含めるように諭した。

「お妙坊、もうこういうことはしちゃいけないぞ。ねこう院のような胡散《うさん》臭い男について行くことも、話を聞くこともいけない」

「猫のお坊さんは、いい猫よ。だって、猫先生のおともだちだし」

「ともだちではない。ついでに、それがしは猫先生でもないぞ」

「あのね、猫先生」

言ったそばから、またそれ。

「あたしに何かあったら、また〝猫の手〟を貸してくれる？　迎えにきてくれる？」

「もちろんだとも」

それがしは、猫の手屋宗太郎。世のため、人のため、いくらでもこの〝猫の手〟を貸そう。

「ありがとう、猫先生！　これ、あげる！」

お妙が宗太郎に何かを握らせて、なん八屋つるかめに入っていった。

そっと手を開いてみると、

「煮干し……」

一尾。

雨に濡れてふやけてしまう前に、宗太郎は礼の品をパクリといただくことにした。

ただの人だったころは、出汁《だし》を取るのに使われるような雑魚《ざこ》に喉が鳴るとは思いもしなかったが、奇妙奇天烈な白猫姿になってからというもの、下手《へた》をすると甘い物以上に生臭い物がうまいと感じるのだから困ったものだ。

ふと見れば、三日月長屋の木戸の上で黒猫が前脚を立てて座っていた。

「黒猫、雨で毛皮が濡れるぞ」

「構わんよ」

「煮干しを食うか？」

「鰹節ならもらおうか」

「贅沢《ぜいたく》を言うな」

宗太郎が長くひんなりしたしっぽをうごめかすと、黒猫も同じようにしっぽを動かしてニヤニヤと笑う。

そのしっぽは、二股に裂けていた。

「猫の手屋、よきことかな」

金色の瞳を意味深に細めてそれだけ言うと、黒猫はあっという間に雨にけぶる町へ消えてしまった。

あやつは笑うだけでなく、人語を解することもできる。

「今のは……、ひとつ善行を積めたということか？」

宗太郎は、あずき色の肉球のあるおのれの手を見た。

春雷が聞こえる。この雷鳴がもたらすものは吉か凶か、いずれにせよ、おのれがやることは決まっている。

宗太郎は空模様とは裏腹に晴れやかな面持ちで、なん八屋つるかめの縄暖簾《なわのれん》を跳ね上げるのだった。

鳴かぬ蛍

一

煮物でも和《あ》え物でも、なんでもひと皿八文という安値で饗《きよう》する縄暖簾《なわのれん》なん八《ぱち》屋つるかめの軒先に、燕《つばめ》が巣をかけた。

燕は縁起のいい鳥として信じられている。巣をかけられた商家は商売繁盛すると言われているため、女将《おかみ》のお軽《かる》は大層喜んだ。

実際、巣をかけられてからというもの、大きく口を開けてピーピーと鳴くひなを間近で見ようとする人たちが、ついでに腹ごしらえでもして行こうかと縄暖簾をくぐるので、ここのところのお軽はいつも以上に忙しく立ち回っていた。

一方、亭主の三郎太《さぶろうた》はどうしているかというと、お妙《たえ》の騒動以来、性根を入れ替えてまめまめしく店を手伝うようになっていた……なんてことになったら、初夏だというのに三日月長屋に雪が降る。喉もと過ぎれば熱さを忘れるではないが、三郎太はすっかりまた糸の切れた凧《たこ》のように遊び人を気取る毎日を送っていた。

そんな三郎太の鬢《びん》や肩口を狙って、たびたび、燕が糞《ふん》を落とした。

「燕ってのは賢いんだね。あたしは一度だって糞を落とされちゃいないもの、落とす相手を選んでるんだね」

とある昼下がり、お軽がなん八屋つるかめの飯台《はんだい》の奥で江戸前の蝦蛄《しゃこ》を塩茹《しおゆ》でしながら、得意げにふふんと鼻を鳴らして言った。

この時期の蝦蛄は産卵期を迎えるため、雌は腹に卵を持つ。それがうまい。蝦蛄は生のうちは灰褐色の殻をしているが、火が通ると石楠花《しゃくなげ》の花のような淡い紫色になるため、『シャクナゲ』が詰まって『シャコ』という名前になったと言われている。天ぷらにしたり、酢の物にしたり、どんな料理法でもいけるが、醬油《しょうゆ》や味醂《みりん》で殻ごと甘じょっぱく煮こむ食べ方もいい。

などと、猫の手屋こと、近山宗太郎《ちかやまそうたろう》が店内のとっつきにある醬油樽《だる》に腰かけて一端《いっぱし》の食通ぶったことを考えながら、湯気の立ち上る鍋を見つめていると、横から三郎太の威勢のいい声が飛んできた。

「燕が落としてるのは糞ならぬ運なのよ」

「物は言いようだね、運にも見放されてるの間違いじゃないのかい？」

「うるせいやい！　そもそも、あいつら誰の許しを得て、人んちの軒先に居候を決めこんでやがるんでい。追い出してやる！」

「やめとくれよ！　あたしが追い出したいのは、あんたさ！」

かくして、今日も今日とて、三日月長屋名物の夫婦喧嘩《げんか》が始まった。

蝦蛄を茹でるから食べに来るよう誘われたのでなん八屋つるかめにいるというのに、一向に宗太郎の前に石楠花の花を思わせるひと皿が並ぶ気配がない。

「いかん、腹の虫が……」

ぐうううう、と長く鳴った。

宗太郎はほとぼりがさめるまで、懐にしのばせている煮干しをつまんでやり過ごすことにした。

明け方でも夜更けでも構わず聞こえてくるお軽のきいきい声と、三郎太のああ言えばこう言う減らず口の応酬が、やかましくないと言えば嘘《うそ》になる。轡虫《くつわむし》の大合唱のほうが、まだ耳にやさしい。

三日月長屋の誰もがそう思っているのだろうが、やかましいのと迷惑なのは、また少し違う。ふたりの言い合いが聞こえてこなければ、それはそれで何か悪いものでも食べたんじゃないのか、狐《きつね》にでも憑《つ》かれてしまったのではないかと気を揉《も》むことになるのは、きっと宗太郎だけではないはずだ。

「このふたりは、これでよいのであろう」

昼間は客が入ってきやすいように油障子を立てていないので、なん八屋つるかめの店内からは三光新道《じんみち》がよく見渡せた。

そこに、末の弟を背負って遊ぶお妙の姿があった。ときどき、お妙は両親の様子をしかめっ面《つら》でうかがいつつも、その目には以前のような不安げな色は浮かんでいない。

「よいのであろう」

宗太郎はもしゃもしゃと煮干しを食しながら、独りごちた。

裏店《うらだな》暮らしを始めるまで、宗太郎はあまり深く他人と関わってこなかった。人付き合いが苦手なわけではないが、下戸《げこ》なので友人知人と連れ立って飲みに行くというようなことはほとんどなかった。

たまに剣術道場の仲間と飲みに出かけると、不覚を取る。

「挙句の果てには、こうした奇妙奇天烈《きてれつ》な白猫姿に身をやつすことになってしまった」

それについては言っても詮ないことなので、今は棚上げしよう。

宗太郎の通っていた剣術道場には旗本《はたもと》の子息が多かったため、家禄《かろく》や父親の役職といったしがらみから、純粋に友人と呼べる仲間を作るのが難しかった。こちらが気にしなくても、相手が遠慮してくる。もしくは腰巾着になろうとして、すり寄ってくる。

宗太郎は、それだけ影響力のある大身《たいしん》旗本の子息なのである。

それが三日月長屋に暮らすようになってからというもの、俄然《がぜん》、密な人付き合いをせざるを得なくなった。長屋全体がひとつの家族のようなものだから、周囲の人々に関わらずにはいられないのだ。

たとえば引っ越して来たばかりのころ、宗太郎が半日ほど長屋を留守にして戻ってきたら、広げっぱなしだった夜具が枕屏風《びょうぶ》の奥に片付けられており、梁《はり》に干しっぱなしだった手拭いやふんどしが丁寧にたたまれ、蠅帳《はいちょう》にはおかずが入っていたことがあった。のちにお軽が世話を焼いてくれたのだとわかったとき、驚きというよりもとまどいのほうが大きかった。

『だって、猫太郎さん、まだ人の世のことがよくわかってないだろうからさ』

猫が人に化けていることが前提の言われようにも、困惑した。

そして、こうしたあけすけなふるまいをするのは何もお軽にかぎったことでなく、入れ替わり立ち替わり店子《たなこ》の誰かがやって来ては、余計だったり、余計でなかったりする世話を焼いていくのだから、とまどうなというほうが無理というもの。

「これが近所付き合いというものなのであろう」

郷に入っては郷に従え。それならば、と宗太郎は周囲からのお節介をありがたく受け入れるようにした。すると、おのずとみずからも周囲へ余計だったり、余計でなかったりする世話を焼けるようになっていった。

おのれの〝猫の手〟を貸す猫の手屋を生業《なりわい》にしようと思ったのも、こうした三日月長屋での毎日に感化されたからと言っても過言ではないかもしれない。

慣れぬ裏店暮らしに苦労がないとは言いきれないが、宗太郎はいつしか今の生活をまんざらでもないと考えるようになっていたのだ。

「人生とは、苦労の向こうに幸いがあるものだ。苦みの向こうにうまみのある、この煮干しのようにな」

宗太郎は煮干しを片手に賢《さか》しらな顔になった。

しかしながら、店内にはほかに客はおらず、お軽と三郎太はまだ喧嘩をしているので、このつぶやきを聞くものはいなかった。

せっかく奥が深いことを言ったというのに、と宗太郎は少々不満に思う。

「苦みの向こうにうまみのある、この煮干しのよう……」

と、宗太郎が今度は心なしか大きな声で言ってみたところで、縄暖簾が跳ね上がってぬらりひょんが現れた。

「いたいた。猫太郎さん、ここにアレだったのですね」

大家の惣右衛門《そうえもん》だ。惣右衛門は大げさに両手を振りながら、足音だけだと女のようにも聞こえるすり足で駆け寄ってきた。

「さがしましたよ、猫太郎さん」

「惣右衛門どの、それがしの名前は猫太郎ではないのですが」

「それにしても今日はアレですね、暑いですね」

惣右衛門の出額《でびたい》には、うっすらと汗が浮かんでいた。日に日に日差しが強くなり、今日はじっとしているだけでも汗をかく陽気だった。

宗太郎が袂《たもと》から取り出した手拭いを差し出すと、惣右衛門は恐縮しながらも受け取り、汗を拭ったあとで洟《はな》をチンとかんでから返して寄越した。

「これも年のアレですかねぇ。こう暑いのに、ゆうべから、鼻がぐずぐずしてしょうがないんですよ。風邪《かぜ》でもアレしましたかねぇ」

風邪っぽいのなら、最初にそうと言ってほしかった。が、あとの祭りなので、宗太郎は返された手拭いをしばし見やったのち、見なかったことにして丸めて袂に捩じ込んだ。

「それで、惣右衛門どの、いかがされましたか？」

「ちょいと猫太郎さんにね、〝猫のアレ〟を貸してもらいたいアレがありましてね」

「それがしの〝猫の手〟でよければ、よろこんでお貸ししましょう」

「猫太郎さんにしか頼めないアレですよ」

惣右衛門が、人の好さそうな笑みをうかべて宗太郎の向かいの醤油樽に腰かけた。その顔をよく見ると、鼻の下が赤くなっている。そうでなくても年寄りの肌はカサカサしているのに、洟のかみすぎなのか、そこだけ檜皮《ひわだ》のように荒れていた。

見ているだけで宗太郎まで鼻がぐずぐずしてきそうだったので、

「それがしにしか頼めぬことと申されますと？」

と、宗太郎はしっぽりと濡《ぬ》れた鼻を舌先でペロリと舐《な》めてから話の先を促した。

大方、鼠《ねずみ》退治の依頼かと見当をつける。奇妙奇天烈な白猫姿に身をやつしている宗太郎は、世間から鼠捕りの名人と誤解されることが多かった。

「ところで、今日は長兵衛《ちょうべえ》どのはご一緒ではないのですか？」

この手の依頼はたいてい長谷川町の書役《かきやく》である長兵衛が持ってくるのだが、今日は惣右衛門ひとりだけで、下駄《げた》のように見事な八の字眉の姿は見えなかった。

「長兵衛なら熱を出してアレしていますよ。まったく、あたしのこの鼻のアレは奴《やつ》めにうつされたんですよ」

「それはいけませんね、どうぞお大事になさってください」

「まぁね、長兵衛のアレはどうだっていいんですけれどもね」

言いながら、惣右衛門が軽く伸び上がって飯台の奥をうかがった。お軽と三郎太は肩を並べて蝦蛄の殻をむきながら、仲良く喧嘩を続けていた。

「あら、大家さん」

と、お軽はすぐに惣右衛門に気づいて手を止めたが、

「あぁ、お軽、構わないよ。そのままアレで」

そう言われて何かを察したらしく、お軽はまた三郎太ときゃんきゃん言い合いをはじめた。日ごろはお節介焼き一辺倒だが、客が込み入った話をしているときは、立ち入ら

ないようにする気遣いができる女将なのだ。

「できるだけ、大ごとにしたくないアレでしてね」

もったいぶった前置きをして、惣右衛門が小声で続ける。

「なんでもね、出るらしいんですよね」

「鼠ですか？」

「ええ、世にもおそろしい鼠が……って、違います、違います。出るって言ったら、アレしかないでしょう」

アレ大明神は、胸の前で両手をだらりと下げてみせていた。

「幽霊ですよ」

「幽霊？」

「シーッ！　猫太郎さん、声が大きい！」

いやいや、惣右衛門どのの声のほうがよっぽど大きいですぞ、と胸中でのみ突っこんで、宗太郎は三《み》つ鱗《うろこ》の形の耳を後ろに向けた。

「平左衛門《へいざえもん》さんはね、この手のアレにはどうにもこうにも」

「平左衛門さん？」

「あぁ、お話ししたことがなかったですかね。平左衛門さんは大伝《おおでん》馬町《まちょう》の太物問屋三升《みます》屋《や》さんのご主人で、アレです、この三日月長屋の地主です」

「なんと。この三日月長屋は惣右衛門どのの長屋ではないのですか？」

「あたしは雇われ大家ですよ。地主になろうなんていうお大尽《だいじん》はね、よっぽどの商いにアレした人たちですから、ご自分の店の奉公人をアレすることに手いっぱいで、長屋の店子の世話や町内の沙汰まではいちいちアレしていられないんですよ」

江戸の長屋の多くが、地主と大家は別だという。

「人徳のありそうな楽隠居を大家に雇うんです」

惣右衛門はそう教えてくれたが、人徳のありそうな、の部分をアレにせずにはっきりと言葉にするあたりが憎めない。

「隠居する前はですね、あたしは駿河町《するがちょう》の結構な薬種《やくしゅ》問屋で通いの番頭をアレしていたんですよ。ちなみに、長兵衛は本石町《ほんごくちょう》の仏具問屋で番頭をアレしていたんですけれどもね、奴めのあの辛気臭いアレにお似合いの商いでしょう？」

辛気臭い……眉か、と当てはめてみて宗太郎は笑いかけたが、咳払《せきばら》いで居住まいを正した。ふたりとも日本橋のお店で番頭を務めあげたほどの人物らしく、どうりで人当たりがよく、面倒見もいいはずだ。

なんだ、あんた雇われ大家なのかい、とひねくれたことを言う人もいるかもしれないが、惣右衛門が三日月長屋をしっかりと取り仕切ってくれていることを知っている宗太郎は、ますます大家に一目《いちもく》を置いた。

「それで、アレ、どこまでお話をしましたっけ?」

「幽霊が出るらしいというところまでです。この三日月長屋に出るのですか?」

「まさか、まさか。ここは鼠一匹アレしませんよ。なんたって、猫太郎さんがアレしてくれているんですからね」

惣右衛門は鼻をぐずぐずさせながら、かんらかんらと笑った。

今のは笑うところなのでしょうか、と宗太郎は物申しかけたが、言われてみれば、この長屋で鼠を見ていないことに気づいた。それはやはり、それがしのこの見目の威光によるものなのかと納得する。

「谷中《やなか》は日暮らしの里にね、三升屋さんのアレ、ほら、寮があるんです」

「日暮らしの里ですか、いいところですね」

日暮らしの里とは、〝日が暮れることも忘れてしまうほどに美しい里〟という意味の日暮里界隈《にっぽりかいわい》の俗称で、上野《うえの》と駒込《こまごめ》の間に位置する高台の地のことを指す。一帯の総鎮守である諏訪《すわ》明神からは関東平野を縦断する利根川《とねがわ》、荒川《あらかわ》、さらには遠く東に筑波山《つくばさん》、北に日光《にっこう》連山などを望むことができ、眺望絶景の名勝として江戸っ子たちにその名を知られていた。

「長屋ばかりか寮まで所有しているとは、三升屋さんというのは大層な大店《おおだな》なのでしょうね」

「そりゃもう。大伝馬町を歩くと、目抜き通りの両側にずらりと木綿店がアレしていますでしょう？　その中でも二丁目の北側の一角で、ひと際大きなアレをしているのが三升屋さんです」

「二丁目の。ひょっとして、家じるしは丸に升が三つですか？」

「はいはい、アレです」

「ほうほう、豪儀《ごうぎ》な」

日本橋大伝馬町は木綿や麻の反物を商う太物問屋が集まる町で、その賑《にぎ》わいは名所図会《めいしょずえ》にも描かれるほどだ。通常、江戸市中の商家の屋根は瓦葺《かわらぶ》きだが、この界隈だけは華美な銅葺きが許されているため、家並みの美しさは群を抜いていた。

そうした一大問屋街で、常に鰻上《うなぎのぼ》りの商いをしているのが三升屋だ。間口が十間もあれば大店と呼ばれるところ、二十間近くはあろうかという大店中の大店だった。

「その三升屋さんの日暮らしの里の寮に、幽霊が出る……と？」

「あくまでアレですよ、噂《うわさ》ですよ。寮にはね、三升屋さんのお内儀さんが長いこと暮らしておいででした。あんまり身体《からだ》がアレでない方でしてね、客やら奉公人やらの出入りがひっきりなしにある大店暮らしはアレだったんでしょう」

惣右衛門の話をまとめると、こうだ。

五年ほど前に、三升屋平左衛門は病がちのお内儀のために、閑静な日暮らしの里に寮を建てた。はじめのうち、お内儀は大伝馬町と日暮らしの里を行ったり来たりして養生していたが、江戸市中にいてはなかなかできない静かな暮らしが気に入り、わずかな女中たちを連れて寮を本宅とするようになった。

　寮で暮らすようになったお内儀の顔色は格段によくなり、このまま心穏やかな毎日が続くのかと思われたが、昨秋、病魔に負けて帰らぬ人になった。

「アレが満開の季節だったそうですよ」

「秋に咲く花と言うと……」

「死人花《しびとばな》です」

　それは彼岸花のことだ。根に毒があって鼠除《ねずみよ》けになるので、郊外へ行くと田畑の周囲によく植えられている。死人も彼岸もあまり耳に心地のいい言葉ではないな、と宗太郎は眉間にしわを寄せた。

「それでね、ここからがアレでして。お内儀さんがアレしたあと、寮を人に貸そうとしてもみんなすぐに出ていってしまうらしいんです。家鳴《やな》りがするとか、女人のすすり泣く声が聞こえたとか、最近では、夜になると庭にアレが浮かぶそうです」

　惣右衛門が赤くなっている鼻の下を人差し指でぽりぽりと掻《か》き、一層小声になる。

「アレっていうのは、幽霊火のことでして」

「幽霊火……」

つられて、宗太郎も鼻の下を鋭い爪でぽりぽりと掻いた。

「平左衛門さんにしてみればね、お内儀さんをアレして気落ちしているところで、こういうアレが立つのはやっぱり悲しいって。そりゃそうですよね」

「お内儀さんの養生のためにわざわざ寮を建てるとは、その三升屋さんというのは仲睦《むつ》まじいご夫婦であったのでしょうね」

「あたしは、そう信じていますよ」

『ええ、それはもちろん』

と言い切らずに、どことなく含みを持たせた言い方なのが気になる。宗太郎が木の実のような目をひたと見つめ返していると、惣右衛門はくしゃみをひとつしてから懐より一枚の紙きれを取り出した。

「実は、こんな瓦版が出ているんです」

その見出しには、〝日暮らしの里の幽霊屋敷　今様累ヶ淵《いまようかさねがふち》〟なる文字が躍っていた。

「累ヶ淵？」

「ご存じではないですか、怪談のアレを」

「詳しいわけではありませんが、百物語で聞きかじった程度には知っています」

累ヶ淵は、下総国《しもうさのくに》で実際に起きた騒動だと言われている怪談だ。見目が醜いばかりに夫に疎んじられ、挙句に命を奪われた女がかさねて生まれ変わる累《かさね》と呼ばれる死霊になって一族に祟《たた》る、めぐる因果。

それが今の三升屋の話にどうつながるのかが気になって、宗太郎は猫背になって瓦版に目を走らせた。

瓦版では、お内儀が病がちというのは方便で、実のところは馬頭羅刹《めずらせつ》もかくやという見目に難ありとおもしろおかしく書き立てられてあった。醜女《しこめ》であることを疎んじた三升屋平左衛門はお内儀を日暮らしの里へ追いやると、花街の出の妾《めかけ》を寵愛《ちょうあい》した。お内儀が亡くなった今、いよいよ、その妾が三升屋の正妻に収まるらしい。

お内儀は、そうした薄情な夫を恨みに思うあまり成仏できず、幽霊火になって寮にさまよい出ている……とまとめている。

「なんとも不人情な」

「噂には尾ひれが付きものとはいえ、ひどいアレでしょう」

「しかし、火のないところに煙は立たないとも申します」

石部金吉《いしべきんきち》なだけに、宗太郎は少々融通の利かないところがある。こうした道理の通らない話には、熱く焼ける石ころを飲んだような胃の腑《ふ》のむかつきを感じてしまうのだ。

「まぁ、そうお堅いことをアレせずに。平左衛門さんはね、こんなときだからこそ、ぜひとも猫太郎さんの〝猫のアレ〟をお借りしたいそうなんですよ」

「念仏でも唱えますか？」

「いえいえ、ひと晩ほどアレ、寝ずの番をしてもらいたいんです。それでね、もしも、お内儀さんの幽霊火がアレするようなことがあったら、恨み節のひとつでもアレ、聞いてやってはくれませんかねぇ？」

そうきたか、と返答に困った宗太郎は松葉に似たひげをひょこひょこさせることしかできなかった。

「アレ、猫太郎さん、ひょっとして怖いんですか？」

「武士に怖いものなどありましょうか」

「ええ、ええ、そうでしょうとも。かえって、幽霊のほうが猫を怖がりますものね。やっぱり、これは猫太郎さんにしか頼めないアレですね」

伝えることを伝えたら肩の荷が下りたのか、惣右衛門はそそくさと立ち上がると、自分の座っていた醤油樽と、ついでに宗太郎が腰かけている醤油樽までも手のひらでぽんぽんと叩《たた》いて言った。

「では、よろしくお頼みしますね」

それがしは猫の手屋であって、僧侶ではないのですが。

宗太郎は猫の手も借りたいほどせわしない人、または困っている人たちに、おのれの〝猫の手〟を貸すよろず請け負い稼業をしている。

すべては世のため、人のため。

ひいては、おのれのために。

「とはいっても、できることとできないことがある」

武士が僧侶の真似ごととは、いかんともしがたい。

途方に暮れていると、

「はい、お待たせ。今朝、小柴《こしば》で獲《と》れた蝦蛄だよ。わさび醬油をつんときかせて食べるといいよ」

と、お軽が山と積まれた蝦蛄をようやく出してくれたのだった。

二

なん八屋つるかめで蝦蛄をたらふく平らげたのち、宗太郎は昼八つ（午後二時ごろ）の鐘を、しばしのまどろみの中で聞いた。

さすがに夕七つ（午後四時ごろ）の鐘まで聞いてしまうと寝過ぎなので、そこそこで仮眠を切り上げ、数珠のひとつでも懐に忍ばせて三日月長屋を出ようとしたところで、

「おや。猫太郎さん、お出かけかい？」

と、井戸端で下駄に腰かけて小虎《ことら》の襁褓《むつき》を洗っている文字虎《もじとら》に声をかけられた。

「大丈夫なのかい？　今日は日が傾いても陽気がいいよ、眠くはないのかい？」

「いやはや、ご心配痛み入る」

向かいの九尺二間に住む文字虎に、宗太郎はこれまで何度となくうとうとと昼寝をしているところを見られていた。猫は昼間は眠くなるもんなんだねぇ、と笑われれば返す言葉もない。

「少々、遠出をして参ります。今夜は戻りませんが、お気になさらずに」

「野暮堅い猫太郎さんが朝帰りをしようって？　春過ぎて、隅には置けないねぇ」

文字虎がからかう口調になるので、宗太郎はむきになる。

「依頼を受けたので、〝猫の手〟を貸しに行くだけです」

「きれいな蝶々《ちょうちょう》が、ひと晩をともに過ごしてくれって？」

違います、幽霊とひと晩をともに過ごすのです。

とは言えないので、宗太郎がしっぽりと濡れた鼻を舌先でペロリと舐めていると、文字虎がくっくっと笑いを嚙《か》み殺して言った。

「まぁ、訊《き》かないでおいてあげようかね。今日は汗ばむよ、身だしなみの手拭いは持ったのかい？」

「あ……」

惣右衛門に洟《はな》をかまれたままだった。

「ちゃんと持って出かけなよ。猫太郎さんは泡雪《あわゆき》の毛皮を着こんでて暑苦しいんだ。その上、汗みどろなんかで歩かれちゃ、見ているこっちがのぼせちまうよ」

文字虎はずけずけと物を言う。夫者《それしや》あがりだけあって、気風《きつぷ》がいい。そうした竹を割ったようなふるまいは誤解もされやすいだろうが、言葉の裏に隠れる細やかな気遣いはちゃんと宗太郎に伝わっていた。

むしろ、隠してほしいところが別にある。文字虎は今日もまた両足を広げて盥《たらい》を股下に挟みこんでいるため、裾が割れて白い脛《すね》と緋縮緬《ひぢりめん》の蹴出《けだ》しが露《あら》わになっていた。

「文字虎どの」

「なんだい？」

足は閉じたほうがよろしいですぞ、と余計な世話を焼きかけて、宗太郎は別の言葉を口にした。

「塩を少々分けていただけませんか？」

「塩？」

「あいにく、それがしのところでは切らしておりまして」

「構わないけど、何に使うのさ？」

「日暮らしの里で……」

と言いかけて、しまった、と宗太郎は口をつぐんだ。三升屋平左衛門の意を受けた惣右衛門から、あまり大ごとにしたくないと言われていた。

「日暮らしの里？　猫太郎さんの蝶々は、日暮らしの里にいるのかい？」

「いや、そうではなく……」

宗太郎が言葉を濁していると、文字虎は盥の水に沈めた襁褓を切れ長の目でにらむように見つめながら、少し考える素振りを見せて言った。

「猫太郎さんは日暮らしの里の幽霊屋敷の噂、知ってるかい？」

ペロリ。

「なんとかっていう大店《おおだな》の寮で、亡くなったお内儀さんがさまよい出るらしいよ」

ペロリ、ペロリ。

宗太郎は動揺する気持ちを鎮めようと、せわしく鼻を舐め回した。

どうやら、文字虎は幽霊屋敷の噂を知っているようだ。瓦版にもなるような騒動なのだから耳にしていてもおかしくはないとして、その大店というのが三日月長屋の地主だということまで知っているのかどうか。

「幽霊火が浮かぶって噂だから、くれぐれも気をつけて」

「かたじけない……」

宗太郎は、それだけ返すのがやっとだった。

勘のいい文字虎は、これから宗太郎がどこへ向かって何をしようとしているのか、およそ気づいているのだろう。

「人ってぇのはさ、死んだら、どこに行くんだろうね」

「はい？」

「お墓の中かい？　あたしはそんなの寂しいね、あんな暗くて冷たいところに閉じこめないでおくれな。お内儀さんだって生前に愛《め》でた景色の中で、好きな花に囲まれていたいだろうよ」

「そのようなこと、考えてもみませんでした」

宗太郎には、文字虎の問いかけが高僧の説法のように聞こえた。

限りある命を持つ身ならば聞き流してはいけない、いつかは向き合わなければならないことのひとつに違いない。

つい立ち呆《ほう》けてしまっていると、いつの間にか、文字虎が塩を懐紙に包んで持ってきてくれていた。その腕の中では、小虎が真っ赤な顔でぐずついていた。

「機嫌よく寝ててくれたのに起きちまったよ」

「あぁ、申し訳ない」

「なんで猫太郎さんがあやまるのさ」

婀娜《あだ》に笑って、文字虎が宗太郎の懐にそっと塩を挿《さ》し入れる。

「南無阿弥陀仏《なむあみだぶつ》」

笹紅《ささべに》のくちびるは、念仏を唱えていた。

宗太郎は小さいころから、幽霊や妖怪というものを信じていなかった。芸者、役者と同じで、異形《いぎょう》の者もまた読本《よみほん》や幽霊絵、妖怪絵の中にのみ息づく類のものなのだ。

それが、最近になって妖怪は信じるようになった。

なぜなら、出会ってしまったからだ。

どこかで今も、あやつはニヤニヤと笑いながら、それがしを見ているはずである。

「暑いのにご苦労なことよ」

大伝馬町の目抜き通りを西へ向かって進む宗太郎は、真新しい手拭いで狭い額の汗を拭いつつ、独りごちる。それがしは白猫でよかった。黒猫ならば、とてもではないが、これからの季節は毛皮が暑くてやっていられないであろう。

「いやいや、それがしは白猫ではないぞ。白猫によく似た、人であるぞ」

それはそれとして、幽霊の話。

こちらは、いまだ信じていない。

なぜなら、会ったことも見たこともないからだ。

御魂《みたま》というものはある、と思う。

「極楽浄土と地獄もあるであろう」

だからこそ、人は清廉潔白に生き、悪業を重ねるようなことをしてはならない。極楽浄土へ逝くことができれば仏に導かれ、地獄へ落ちれば鬼に責め立てられるのだ。

しかし、文字虎は言っていた。

『人ってぇのはさ、死んだら、どこに行くんだろうね』

幽霊とは、そのどちらにも旅立てない御魂を呼ぶのであろうか……。

などと、宗太郎が猫背になって小難しいことを考えていると、不意に燕《つばめ》が頭上すれすれを低く飛び去っていった。顔を上げると、

「むっ、ここが三升屋さんであるな」

道幅が広く、人々の往来も激しい目抜き通りに面して、丸に升が三つの家じるしを白く染め抜く藍染《あいぞめ》の日除け暖簾《のれん》が、何間にもわたって堂々と風にふくらんでいるのが目に飛びこんできた。

ぐるりに首をめぐらせれば、通りの左右に建ち並ぶ表店《おもてだな》のいずれもが卯建《うだつ》を上げ、景観をそろえるためなのか、三階建ての二階部分には一様に黒漆《くろうるしぬ》塗りの格子をはめているのが見てとれる。

奢侈《しゃし》を禁じている世の中にあって、この界隈だけが銅葺き屋根を許されているのは公用伝馬役《てんまやく》を任された町であるからという理由ばかりでなく、木綿店が誇る莫大《ばくだい》な資金力には公儀も一目置かざるを得ないというのがたぶんにあるのだろう。

「こうして町に出てみると、つくづくわかる。いかに幕政が締めつけようとも、江戸は今や、武士よりも商人の町なのであるな」

武家地の、それも役宅などというところにいると、見えないものがたくさんあるのだと気づかされる。

この日、宗太郎は長谷川町から日暮らしの里へ向かう道すがら、方角的に通り道でもあるので、なんとなく大伝馬町に寄ってみることにした。

できれば三升屋平左衛門に会って話がしてみたかったが、ここまでの大店の主人ともなると、ふらりと暖簾をくぐったところでおいそれと会えるものではないことぐらいは承知している。また、大店の間口には地面まで届く日除け暖簾がかけてあるので、通りをうろうろするだけでは、中をのぞき見ることもできない。

「ふむ。今は先を急ぐか」

西の空を振り仰げば、初夏の日差しの下でてらりと輝く銅葺き屋根のはるか彼方《かなた》に、霊峰富士を拝むことができた。

あっぱれである。宗太郎は頂に雪が残る富士を拝めたことに満足し、大伝馬町をあとにしようとした。

が、そのとき、背後から聞き覚えのある台詞《せりふ》が聞こえた。

「おねこー！」

宗太郎はつんのめるようにして足を止め、その場で石仏と化してしまった。猫の耳は便利なもので、顔ごと振り向かなくても三《み》つ鱗《うろこ》の形の耳だけ向ければ音が聞こえる。それなので、宗太郎はあえて振り向かなかった。振り向いてはいけない。ここで振り向いては、負けの気がする。

「先を急ぐ……か」

そう、それがしは日暮らしの里へ向かわなければならないのである。

何も聞かなかったことにして三つ鱗の形の耳を前に戻すと、宗太郎はやや小走りになって歩き出した。直後、足音は聞こえないのに、ガラガラというやかましい音だけが猛然と背中に近づいてくるのがわかった。

来るんじゃない！

腹のうちで叫びつつ、追手を払いのけるように長くひんなりしたしっぽを袴《はかま》に打ちつけた。ぴたん、ぴたん。

と、いきなりそれをむんずとつかむ者がいる。

「何をするか！」

宗太郎が根負けして振り向けば、案の定、不愉快な目鬘《めかづら》を着ける猫の托鉢僧《たくはつそう》が立っていた。今日も錫《しゃくじょう》杖の代わりにとこぶしの貝殻をぶら提げた杖《つえ》を持ち、鉄鉢《てっぱつ》の代わりに大きな鮑《あわび》の貝殻を手にしている。

自称、大部屋役者の中村雁弥《かりや》だった。

「猫先生のところは猫耳だけでなく、しっぽも見事なのですね」

「ちょこざいな、放せ！」

「放したら行ってしまうでしょう？　今、わたしに気づいていたのに素知らぬふりをしようとしたでしょう？　つれないじゃないですか、同じ猫だっていうのに」

「そこもとは猫ではないであろう」

一拍おいてから、

「それがしも猫ではないがな」

同じ会話を、前にもしたはずだ。

お妙の騒動で知り合ってからというもの、この猫もどきに宗太郎はすっかり懐かれてしまっていた。ちょくちょく長谷川町にやって来ては、ざっくばらんなちょっかいを出して帰ってゆく。まったくもって、どういう料簡《りょうけん》なのであろう。

「雁弥。そこもとは、まだそのように胡散《うさん》臭いことをしているのか？」

「衆生《しゅじょう》を救うには先立つものが入り用になるんですよ。猫好きが多い長谷川町のみなさんもお布施《ふせ》を弾んでくれますけど、この町の弾み具合は比じゃないです。大店ばかりなので、ほら、こんなに」

そう言って、雁弥が自慢げに突き出した鮑の貝殻には、波銭のほかに銀貨が数枚入っていた。

「何がお布施か、あぶく銭であろうが」

「この一分銀をくれたのは、あそこの三升屋さんです」

「三升屋さん？」

「大店は羽振りがいいですね。情けは人のためならず、幸いがめぐることを祈るばかりです」

雁弥が編《あ》み笠《がさ》をつまみ上げて丸に升が三つの家じるしを振り仰ぐので、宗太郎もそれを追うように目を向けた。

折しも三升屋の日除け暖簾が揺れて、見るからに裕福そうな母娘《おやこ》づれの客が庇《ひさし》下から出てくるところだった。店前で水打ちをしていた丁稚《でっち》の子どもが、

「お気をつけてお帰りくださいませ」

と、母娘の背中にいつまでも頭を下げている。

奉公人への教えが行き届いた店なのであるな、と宗太郎は思った。

「雁弥、そこもとは三升屋さんの中へ入ったのか？」

「中というより、庇下までですけどね」

「主人には会ったか？」

「平左衛門さんのことですか？　ええ、お会いしましたよ。年のころなら三十路《みそじ》そこそ

この、なかなかに苦み走った色男でしたね。大層な猫好きらしくて、わたしを見るためにわざわざ帳場格子の奥から出ていらしたんですよ。最初は若旦那なのかと思ってお話をしていたんですけど、どうやら先代を早くに亡くしているそうで、れっきとした三升屋さんのご主人でした」

口に油を塗ったくったみたいにぺらぺらとしゃべる雁弥の顔を、宗太郎は金色の目をしばたたかせながら見つめた。

「詳しいな。何度も出入りしているのか?」

「いえ、今日が初めてです。ちっくり幽霊屋敷の噂を聞いたので、興味が湧いてやってきた次第でして」

「幽霊屋敷……」

「あぁ、猫先生は瓦版なんてものは読まないでしょうから、衆生の悲喜こもごも知らないのでしょうね」

「知っているとも、日暮らしの里にある寮のことであろう」

浮世の情けもわからない朴念仁《ぼくねんじん》と言われた気がして、宗太郎はむきになって言い返し、袂《たもと》から惣右衛門にもらった瓦版を引っ張り出した。

「おやおや、猫先生は怪談がお好きですか?」

「好きでも嫌いでもない。興味がない」

「わたしは興味がありますね。こうした実話が脚色されて、夏狂言で演じられることも多いですから」

「役者のようなことを言うのだな」

「役者ですから」

「そうであったな。悪いことは言わん、足を洗って芸の道を極めるがよい」

「それはそれ、これはこれ、僧侶の稼業もこなさなくてはなりません。平左衛門さんから、日暮らしの里で回向《えこう》してはくれないかと頼まれてしまいました」

雁弥がわざとらしく神妙な声になって、とこぶしの錫杖をガラガラと鳴らす。

「この一分銀は、そのためのお布施だそうです」

「では、そこもとは、これから日暮らしの里へ向かうのか？」

「とんでもなく面倒臭いですけど、もらう物をもらってしまいましたからね。それに幽霊火は見てみたいですし」

ほほう、と相槌《あいづち》を打って、宗太郎はあずき色の肉球のある手で松葉に似たひげをしごいた。この猫の托鉢僧は僧侶ではないが、身なりだけはそれらしい。身なりだけだと猫にしか見えないそれがしが手を合わせるよりも、亡きお内儀のなぐさめになるのではないであろうか、と考える。

「猫先生も、一緒に来ますか？」

「そうであるな。そういうことであれば、それがしも同行しよう」

「えっ！　来るんですか！」

「ゆえあって、それがしも三升屋さんに〝猫の手〟を貸すことになっている」

「来るんですか」

「何か障《さわ》りがあるか？」

「だって、絶対に来ないと思ったから誘ったのに。猫先生がいたら、いい加減なこともできないでしょう？」

「もらう物をもらってしまったのであろう？」

雁弥は大仰に天を仰いだのち、観念したように宗太郎と肩を並べて歩き出した。

宗太郎も背が低いわけではないが、雁弥のほうが拳ひとつ分ほど高い。並ぶと、見下ろされている気分になる。今日も、花の露の甘い香りがする。

百歩譲ってそれはいいとして。

「まぁ、でも、楽しいかもしれませんね。猫先生と物見遊山というのも」

「雁弥、もう少し離れて歩くように」

「どうしてです？」

「それがしとそこもとが並んで歩くと、洒落《しゃれ》にならん」

大柄な二匹の猫の珍妙な道行きに、町の人々の目が止まらないはずがない。

すれ違うあの人もこの人もが奇異な目を、いやむしろ、微笑《ほほえ》ましい目を向けていることが、宗太郎には耐えられなかった。

三

こうして、ひょんなことから、白猫姿の武士と猫の托鉢僧による珍道中が始まった。

大伝馬町を出てからというもの、

「猫先生、もっとゆっくり歩いてくださいよ」

「隣に並ぶでない、離れるように」

「えっ、今なんて言いましたか？　隣に並んでいないと、離れるように言われても聞こえませんよ？」

「聞こえているではないか」

とかなんとか、宗太郎と雁弥は付かず離れずの間合いでひっきりなしに小競り合いを繰り返しながらも、八辻原《やつじがはら》の筋違御門《すじかいごもん》を通って神田川を越え、上野広小路の賑わいを抜けたのちは蓮《はす》の花が浮く不忍池《しのばずのいけ》を左手に見ながら、ひたすら谷中を目指した。

日本橋から谷中まではそう遠いわけではないが、人出の多い繁華な場所をたどって歩くため、そこそこの刻限がかかる。

道々で『猫がいる！』と子どもたちに取り囲まれたり、『腹の虫が……』と見かけによらず大食らいの雁弥が屋台や水茶屋を見かけるたびに休憩を取りたがったこともあって、ふたりが門前町までたどり着くころには、日はとっぷりと暮れていた。

「猫先生、あそこに感応寺《かんのうじ》の五重塔が見えますよ。夜空にひょっくり浮かぶ黒い影というのは、なんだか小幡小平次《こはだこへいじ》のように不気味ですね」

猫先生ではない。と突っこむのもいい加減疲れてきたので、宗太郎は黙って顔を上げた。門前町の家並みの奥に、なるほど、闇の塔がそびえている。

「小鰭《こはだ》は、うまい」

「いえ、鮨《すし》ダネじゃなくて、〝彩入御伽艸《いろえいりおとぎぞうし》〟の幽霊小平次のことです。これも芝居町では人気の名題なんですけど、やっぱりご存じないですか？　葛飾北斎《かつしかほくさい》の化物絵でも知られていると思うんですけど？」

「ほうほう」

「ほーほー？　猫先生は梟《ふくろう》ですか？」

芝居のことはよくわからないが、雁弥はここにたどり着くまでの間も、何度か目の付けどころがおもしろいことを言ったり、やったりしていた。

急に走り出すので何ごとかと思えば、以前に厭《いや》なことをされた相手を見つけたので後ろから影を踏みつけてやったのだとか、橋を渡るときは必ず右足から入って右足から出るのだとか、意味のなさそうなことを力をこめて語るので、まるで子どもと話しているようだった。

「何ですか、そんなに人の顔をジロジロ見て。わたしは食べ物じゃありませんよ、どんぐりや胡桃《くるみ》じゃありませんよ」

日が落ち切ってからは、雁弥は目鬘《めかづら》を外していた。編み笠の下には、直《じか》に女のようにきれいな顔がある。

「梟は木の実なぞ食べん、野鼠や蛙《かえる》を食べる」

「そうなんですか？」

「雁弥、そこもとはいくつになる？」

「十七です」

「若い！」

「猫先生は九十九歳くらいですか？　百歳になったら梟から、じゃなかった、猫から人になれるんですか？」

「それがしは二十三である」

「若い！」

人気のない夜道に、陽気に笑う雁弥の声が響いた。

途中の水茶屋でぶら提灯《ちょうちん》を借りていたので、足もとが暗いということはなかったが、一帯は長谷川町界隈よりも格段に闇が濃い。

谷中は寺社が多いため、門前町と呼ばれる町人地には参拝客や旅の僧が利用する旅籠《はたご》や木賃宿《きちんやど》が少なからず軒を連ねているものの、建物からはわずかながら灯《あか》りがこぼれているだけで、人の話し声やら物音やらが漏れ聞こえてくるということはなかった。

さらに歩き続けるうちに町の灯りも途絶え、田畑しか見えなくなってくる。

「このあたりが日暮らしの里なんですかね」

「おそらくそうであろう」

蛙がやかましく鳴くあぜ道を、ふたりは当てもなくひた進んだ。これから幽霊に出会うかもしれないというのに、どちらもまったく怖がる素振りがない。

やがて、道祖神を祀《まつ》った追分《おいわけ》に差しかかったところで、

「猫先生、あの向こうじゃありませんか?」

と、雁弥が二手に分かれるあぜ道のうちの左側を選び、その先にある竹林を錫杖《しやくじよう》で指し示した。

「竹林?」

宗太郎はぶら提灯を掲げて言った。

「平左衛門さんは、寮は竹林のそばにあるって言っていました」

「雀《すずめ》の宿か」

宗太郎が先陣切って竹林を抜けてみると、雨戸は外れ、破れ障子がむき出しになった、いかにもそれらしい数寄屋造《すきやづく》りのあばら屋が建っていた。

「これはひどい。透垣《すいがい》が崩れて、どこが門なのかわからないではないか」

「いいんじゃありませんか、どうせ誰も住んでいないんですし。はい、ちっくりお邪魔しますよっと」

「誰もいないのに、誰に断っているのだ？」

「一応、幽霊に」

こういうところも、雁弥は子どものようだった。

「これが三升屋さんの寮で間違いないのか？」

「ほぼほぼそうでしょう、百姓家には見えませんし」

惣右衛門の話によると、お内儀が亡くなったのは昨秋だった。

人が住まなくなってまだ一年足らずのはずだが、寮の庭は膝丈ほどの夏草に覆われてうっそうとしていた。いつ蛇や百足《むかで》が出てもおかしくないので、宗太郎は拾った棒きれであたりを叩きながら分け入った。

「ねえ、猫先生」

「ぶはっ」

足もとにばかり気を取られていたため、前を歩く雁弥が立ち止まったことに気づかずに、宗太郎のしっぽりと濡れた鼻が麻の法衣《ほうえ》にぶつかった。

「雁弥、急に立ち止まるな」

「あれ、なんでしょう？」

「どれ？」

宗太郎はあずき色の肉球で鼻をさすりながら、ゆっくりと顔を起こした。

そこには、三升屋のお内儀が春には鶯《うぐいす》の声を聞き、夏には蚊《か》遣《や》りを焚《た》いて夕涼みをし、秋には団子を供えて月を見上げ、冬には白い息を吐いて雪見を楽しんだのであろう、長い濡れ縁が続いていた。

「濡れ縁が、どうかしたか？」

「濡れ縁はどうもしませんけど、その上をふわふわしたものが飛んでいるでしょう？」

「むむっ」

気づいて、宗太郎は息を呑《の》んだ。

雁弥の言うように、濡れ縁のあたりに青とも緑とも見てとれる儚《はかな》げな光がポツンと一点、浮いていた。

「あの光は……」

雨戸の外れた濡れ縁の周りを、右へ左へ。

「……あれが、噂の幽霊火か？」

宗太郎は懐の数珠と塩に手を運びかけたが、はて、と目を凝らす。

「それにしては、ずいぶんと小さいな」

「そうですね。芝居でも樟脳《しょうのう》を燃やして幽霊火を作ることがあるんですけど、もっとずっと大きいですよ」

宗太郎は錦絵でしか見たことがないが、幽霊火というと松明《たいまつ》ほどに迫力のある炎と相場が決まっている。

ところが、今、目の前に浮かぶものは蠟燭《ろうそく》の火よりもか弱い。

「それになんだか、ちっともおどろおどろしくないですね」

「ふむ」

薄情な夫を恨みに思うあまり成仏できずにいるという割に、美しくさえある。

「これはひょっとすると」

宗太郎にはピンと来るものがあって、寮の裏庭へ急いだ。

「猫先生、どこに逃げる気ですか?」

「逃げるのではない、そこもともついて来い」

宗太郎は蜘蛛《くも》の巣の張った鶏《とり》小屋と、箒《ほうき》や竹竿《たけざお》などが立てかけてある納屋の脇を通り抜けて、建物の反対側を目指した。

「あった。やはり、そうであったか」

裏庭には古井戸があり、その周りいっぱいに無数の光の帯ができていた。

「えっ、これは？」

「蛍だ。日暮らしの里には音無川《おとなしがわ》が流れ、水田が広がっている。蛍が多く集まってもおかしくない」

「すごいですね。こんな蛍合戦、初めて見ます」

宗太郎も初めて見る。江戸市中に堀割は多いが、水辺ぎりぎりまで長屋や蔵が建ち並び、川面《かわも》には落ち着きなく艀舟《はしけぶね》が行き交っているためか、まずもって蛍を見ることはできない。江戸っ子にとって蛍とは、虫売りから買うものなのだ。

そのために必要な虫籠は、貧乏武士が内職で作る。宗太郎も頼まれて、ちょこちょこ虫籠作りに精を出していた。

「どこぞの臆病者が、蛍を幽霊火と見間違えたのであろう」

「幽霊屋敷の幽霊火の正体は、蛍ですか。それもまた乙ですね」

恨み節を聞くまでもない。幽霊屋敷で見つけたもの、それは死を意味する幽霊火などではなく、生に満ちあふれている蛍合戦だったというわけだ。

肩透かしを食らう真相だが、噂というのは得てしてこういうものなのだろう。

「しかし、ここで人ひとりが病の末に亡くなったのは本当だ。雁弥、きちんと回向《えこう》してやってほしい」

「お安いご用です」

雁弥は母屋に一礼すると、とこぶしの錫杖をガラガラと鳴らしだした。

周辺の木々で羽を休めていたらしい烏《からす》か梟が聞き慣れない音に驚き、木々を激しく揺らして飛び去っていく影が見えた。

懐から数珠を取り出した宗太郎は、目を閉じて毛深い両手を合わせた。

「おねこー！　にゃんまみ陀仏にゃごにゃごにゃご！」

「…………」

「…………」

「終わりか？」

「終わりです」

これで一分銀を頂戴するとは、ぼろ儲《もう》けである。

宗太郎は、足もとに咲く藍色の小さな花を一輪手折った。つゆ草と呼ばれるこの花は、蛍と一緒に虫籠に入っていることが多い。

「仏花でなく申し訳ないが」

濡れ縁に戻ると、宗太郎はつゆ草をあばら屋にそっと供えた。

その晩。

幽霊火の正体はわかったが、念のため、宗太郎は三升屋の寮で夜通し寝ずの番をすることにした。

ときたま、烏や梟が急に鋭く鳴いたり、狸《たぬき》と思われる小動物が鶏小屋や納屋の木戸を爪でひっかく音が聞こえるほかは、しごく静かな夜だった。丑三《うしみ》つ刻《どき》になっても、不穏なことは何も起こらなかった。

雁弥はどこまでも図太くできているようで、縁側に面した一室に畳が残っているのを見つけると、さっさと大の字になって眠りについていた。この季節、蚊遣りも蚊帳《かや》もないのに、よく寝られる。空が白みはじめても気持ちよさげにいびきをかいているので、このまま起こさずに置いて帰ってしまおうかとも思ったが、のちのち難癖をつけられても疲れるだけなのでやめておく。

そして、翌朝。

付かず離れずの間合いを保って早朝の上野広小路まで来たところで、

「それじゃ、わたしはここで失礼します」

と、雁弥は欠伸《あくび》を嚙み殺しながら浅草方面へ消えていった。どこに住んでいるのかを宗太郎は訊かなかったが、大方、芝居町である浅草聖天町《あさくさしょうでんちょう》改め猿若町《さるわかちょう》界隈にでも暮らしているのだろう。

「大儀な一日であったな」

ひとりになると、どっと疲れが出た。朝日がまぶしい。

「そうだ。帰ったら、もらい物の羊羹《ようかん》を食べよう」

疲れたときは、甘い物にかぎる。

かくして、宗太郎はげっそりとして長谷川町に戻った。

三光新道では、なん八屋つるかめに巣をかけている燕《つばめ》が元気よく飛び交っていた。ぼんやりとそれを目で追っていると、三光稲荷の境内に文字虎の背中を見つけた。

素通りすることもできただろうが、そうしないのが宗太郎の義理堅いところ。

「おはようございます」

と、宗太郎は鳥居をくぐって声をかけた。

「あら、猫太郎さん。おはよう、本当に朝帰りしたんだね。ご自慢の泡雪の毛皮がぼさぼさじゃないか」

「面目ない……」

文字虎の腕の中では、涙と洟《はな》で顔を濡らしている小虎がうつらうつらしていた。

「なんてね、あたしも人のこと言えないね、肌も髪もぼさぼささ。ゆんべは、小虎がひと晩中ぐずってたんだよ。今も火がついたみたいに泣くから、うずらかめの女将に小言を言われる前に長屋を出てきたってわけ」

「それは大変でしたな」

「泣き疲れて、ほら、ようやっと寝てくれそうだよ」

婀娜《あだ》に笑っているものの、文字虎の切れ長の目の下には疲れが色濃く出ていた。鬢《びん》にもほつれが目立つ。どんなときでも身だしなみにこだわる文字虎だが、赤子が泣いているのをほうって鏡に向かうような女人ではない。

ときどき、こうしてひどくくたびれた姿をしているのは、それだけ小虎が大切ということなのだろう。

宗太郎は文字虎が愚痴っているのを聞いたことがないが、女手ひとつで子どもを育てているのだから、背負《しょ》いこんでいるものは薄っぺらな苦労ではないはずだ。

それをわかっているから、お軽も余計なお節介を焼きたがる。

宗太郎は爪を出さないように気をつけて、あずき色の肉球でそっと小虎の頬の涙を拭ってやった。小虎は、ふにゃ、と笑ったようだった。

一重の目もとは母親に似ているようだが、いわゆる福耳と呼ばれる大仏さまと同じ形の耳たぶは文字虎にはないものだ。

はばかりながら、父親に似たものだと思われる。

「ところで、猫太郎さん、日暮らしの里で塩は役に立ったかい？」

小虎から視線を上げた宗太郎は、あー、うー、としどろもどろになった。

「誰にも言いやしないよ。行ってきたんだろう、噂の幽霊屋敷に」

　昨日の段階で、文字虎にはお見通しだったはず。だとすれば、今さら隠してもしょうがないと腹をくくる。

「実は……、縁あって〝猫の手〟を貸そうと足を伸ばしましたが、あの噂は真っ赤な嘘でした」

「嘘？」

「幽霊火など飛んではいませんでした。どこぞの臆病者が、音無川から飛んでくる蛍を見間違えたのでしょう」

「蛍……。なんだ、幽霊の正体見たりなんとやらだね」

「いかにも」

　猫の托鉢僧を同行させ、形だけの回向をしたことは言わないでもいいことだ。

「人の噂も七十五日、これで噂が消えれば、今はあばら屋になってしまっている寮も借り手がつきましょう」

「へぇ……」

　低い声でつぶやいて、文字虎がなぜか勝気な目になる。

「……でもさ、火のないところに煙は立たないんじゃないのかい？」

「なんと」

「幽霊の正体見たり……やっぱり幽霊、ってこともあるんじゃないのかい？　お内儀さんの御魂は今、どこにいるんだろうね」

宗太郎は返す言葉に詰まった。

惣右衛門から三升屋平左衛門の話を聞き、瓦版を読んだとき、火のないところにうんぬんを宗太郎も最初に疑ったはずだ。亡きお内儀を不憫《ふびん》に思った。

仮に幽霊火の正体は蛍だったとしても、だからといって、お内儀が成仏できているということにはならない。

人は死したのち、どこに行くのであろうか……。

「あっと、小虎が寝ちまったね。赤子は寝つくと急に重くなるんだ。悪いけど、あたしは長屋に戻るよ」

文字虎は宗太郎の返事も聞かずに、三日月長屋へ急いで行った。

境内に取り残された宗太郎は、何か肝心なことを見落としている気がして、松葉に似たひげをたくわえる口をへの字に引き結んだ。

「むう」

ため息まじりにうなっていると、祠《ほこら》の周囲を埋め尽くす招き猫のうちの数匹が、おもむろに動き出した。

「ぬっ！」

が、よく見れば、それらはただの猫だった。五、六匹が集まって、猫の集会を開いていたらしい。

この猫たちは三光稲荷に捨てられた者どもで、三日月長屋をはじめとする近隣の長屋の面々から餌をもらっている野良猫だ。

もっとも古株だと思われるのが、輪の中心で香箱《こうばこ》座りをしている鉢割れ猫だ。

こやつは顔も身体も、ついでに態度までがでかい。

「ブニャア」

と、鉢割れ猫が野太くひと鳴きすると、太鼓持ちの雉猫《きじねこ》の兄弟がしっぽを立てて宗太郎に近寄ってきた。ニャーニャー、とこちらは仔猫《こねこ》が母猫に甘えるような鳴き声だが、腹の中では何を思っているか知れたものじゃない。

「待て、それ以上は近づくな」

宗太郎はあとじさった。

「待てと言うのが聞こえんのか、待て、待て」

耳はちゃんと前を向いているというのに、二匹は待たない。宗太郎の言うことなど、聞く耳を持たないらしい。

弾むように駆け寄る雉猫の兄弟が脛《すね》に頬ずりをして甘えてきたとき、宗太郎は鳥肌を立てて叫んでいた。

「それがしは猫が苦手なのである！」

訳あって奇妙奇天烈な白猫姿に身をやつしてはいるものの、何を隠そう、宗太郎は猫を苦手にしていた。

細くなったり、太くなったりする猫の目の不気味なこと。蛸《たこ》のようにくねくねする身体の気味の悪いこと。

唯一、ニヤニヤと笑う黒猫だけは大丈夫なのだが、

「いかんせん、あやつは猫ではないからな」

なぜなら、黒猫は江戸市中の猫を統《す》べる妖怪の猫股《ねこまた》なのであった。

四

石榴《ざくろ》の花が赤くなり、江戸市中は雨気《あまけ》づく日が多くなった。

梅雨《つゆ》、真っ盛りである。

雨の日は松葉に似たひげが重くなるので、宗太郎はなるべく外出を控え、長屋内でできる虫籠作りの内職に精を出すようにしていた。

そんなある日の昼下がり、几帳面《きちょうめん》に竹ひごを並べていると、足音だけだと女のようにも聞こえるすり足が近づいてくる気配がした。

「この歩き方は、惣右衛門どのか」

手を止めて待っていると、

「猫太郎さん、おいでですかな」

腰高障子が開いて、思ったとおりのぬらりひょんが現れる。

惣右衛門の肩は、わずかに雨に濡れていた。先ほどまでは降っていなかったはずなのに、ほろついてきたようだ。

「惣右衛門どの、雨の中、いかがされましたか？」

「いやはや、今日は降ったりやんだりアレだったりするそうですよ」

「病み上がりなのですから、無理をなさらずに」

「なぁに、ぶり返したら長兵衛にアレしてやりますって」

長兵衛に続き、熱を出して寝こんでしまっていた惣右衛門だったが、もうすっかり復調したようだった。

にこやかに笑って四畳半に上がりこむなり、ひとしきり世間話に花を咲かせるも、そんな話をしに来たわけではなさそうなのはすぐにわかる。

三光新道から、『萌葱《もえぎ》のォ、蚊帳《かや》ァ』という蚊帳売りの美声が聞こえてきたのを合図に、惣右衛門が黒絽《くろろ》の薄羽織りの袂《たもと》からごつんと重そうな何かを取り出した。

「猫太郎さん。遅くなりましてアレですけれども、こちらは平左衛門さんからのお礼のアレです」

紫の袱紗《ふくさ》から出てきたのは、切り餅だった。一分銀百枚を紙包みにしたもので、形が切り餅に似ているからそう呼ばれている。二十五両に相当する額面だ。

「いただけません、それがしはこれほどの働きをした覚えはありません」

お礼という枠をはるかに飛び越えた額面に、宗太郎はあずき色の肉球にヘンな汗をかいた。猫の手が熊手になったようなかき寄せだ。

「ほんの気持ちだそうですよ。三升屋さんほどの大店になりますとね、生半可なアレはしませんから、ご笑納くださいまし」

「では、そのお気持ちだけ頂戴します」

宗太郎はきっぱりと言って、切り餅をつっ返した。

猫の手屋は、日々の生計《たつき》が成り立つ程度の稼ぎがあればいい。金子《きんす》のためだけにやっているのではない。

小さなことからコツコツと、善行を積むためにやっているのだ。

宗太郎が猫の手を貸そうと日暮らしの里へ行ってから、すでに十日が経《た》っていた。その後の寮がどうなっているのか気にはなっていたが、雨続きで思うように動けずにいたため、話は尻切れとんぼのままだった。

「あれから、寮の噂はいかがですか？」

「ええ、幽霊火の正体がアレとわかって、いっときは平左衛門さんも胸を撫で下ろしていたんですけれどもね……」

惣右衛門が蚊の鳴くような声になり、膝の上で袱紗をもてあそぶ。

「……あの寮は、やっぱりアレみたいで」

「と、言いますと？」

「幽霊火は、猫太郎さんがアレしてくれたように蛍だったのかもしれません。ですけれどもね、正真正銘、アレも出るんです。洗い髪の女人の幽霊が出るらしいんです」

「洗い髪の女人の幽霊？」

それはまた、とってつけたような話だ。

「しかし、それがしが寝ずの番をしたときは何も出ませんでしたぞ」

お粗末ではあるが、雁弥が念仏を唱えて回向《えこう》の真似ごともした。

にゃんまみ陀仏にゃごにゃごにゃご。

それとも、あのようにふざけた回向をしたのがいけなかったとでも？

「こういう言い方をしたら、本当にアレなんですけれどもね、あの寮には成仏できずにアレしているお内儀さんが、きっと今もさまよっているんでしょう」

そんなことがあるか、と宗太郎は思う。いや、あってたまるか、と長くひんなりしたしっぽを畳に打ちつけた。

「猫太郎さん。この切り餅は、先日の寝ずの番と、新たにお願いする〝猫のアレ〟のアレだと思ってお納めください」

「新たに？」

「もう一度、寮へ行ってアレしてもらえませんか？　今度こそ、お内儀さんの恨み節を聞いてアレしてほしいそうです」

「それがしの〝猫の手〟を貸すことは、やぶさかではありませんが」

よろず請け負い稼業にも、できることとできないことがある。

何より、石部金吉の宗太郎の信念に沿わないことはできない。

「平左衛門さんも、あの寮には幽霊が出るとおっしゃっているんですか？」

「まぁ、そういうアレもあるかもしれないと」

「では、その噂を受け入れるということは、瓦版に書かれていた内容もまた事実と相違ないという解釈でよろしいですか？」

日暮らしの里の幽霊屋敷は、今様累ケ淵《かさねがふち》。

「平左衛門さんは、お内儀さんの醜い見目を疎んじて、日暮らしの里へ追いやった。一周忌を待たずして、妾を正妻に迎えるという噂です」

「それは……、いえ、あたしは平左衛門さんのアレを信じてますよ」

惣右衛門はしばらく木の実のような目を泳がせていたが、ひたと宗太郎の金色の目に合わせると、何度か力強くうなずいてみせた。

おのれでも、たいがい融通が利かないと思う。お節介だとも思う。

宗太郎は三日月長屋で裏店《うらだな》暮らしをするようになってからというもの、とかく余計だったり、余計でなかったりする世話を焼きたがっていけない。

三升屋平左衛門のうちうちのことには目をつぶり、依頼は依頼と割り切って、寮の噂の真相だけを突き止めればいいものを。

文字虎に問いかけられた言葉が、喉に刺さったままの小骨のように、いつまでもちくちくと痛んでいた。

『人ってぇのはさ、死んだら、どこに行くんだろうね』

人は死したのち、おしなべて極楽浄土へ行くべきであろう。


惣右衛門は切り餅を黒絽の薄羽織りの袂に戻すと、何度か未練がましく振り返りながら帰っていった。

その背中を見送ったのち、宗太郎は日暮らしの里を目指すために、押っ取り刀で長谷川町を出た。

雨はあがっていた。ちょうど日本橋本石町の時の鐘が、昼九つ（正午ごろ）を告げる時分だった。

前回は、ひょんなことから雁弥と同行する羽目になったため、思いのほか道中に手間がかかってしまった。今回はひとりなので、この刻限に出れば、十分明るいうちに日暮らしの里まで行って帰ってこられるだろう。

「道すがら、また大伝馬町を回ってみるか」

雁弥がいるかもしれない。

というあらましではなく、あわよくば平左衛門どのに会えないであろうか、という物の紛れを期して。

長谷川町から大伝馬町までは、北へ二、三町程度の道のりだ。

昼どきのため、目抜き通りには食べ物の屋台がいくつか出ていた。天ぷらのうまそうなにおいがするな、と宗太郎がしっぽりと濡れた鼻をくんくんさせていると、二丁目の北側に丸に升三つの家じるしを掲げる三升屋が見えてきた。

宗太郎は足を止めて、店前をながめた。

雨が降ったときに客に貸し出すためのものなのか、庇下に置いた空き樽に蛇《じゃ》の目傘がたくさん差さっていた。

「そうか、また雨が降るかもしれんな。先を急いだほうがよいか」

なんてことをつぶやいて歩き出そうとしたとき、足もとで三毛猫がおのれを見上げていることに気づいた。

「おおっ!」

宗太郎は目を白黒させて、後ろに大きく一歩飛び退《の》いた。

「ニャア」

「待て、待て、待て。わかった、ここは、そこもとの縄張りなのであろう。邪魔して悪かったな。すぐに出て行くゆえ、勘弁願いたい」

宗太郎がじりじりとあとじさると、三毛猫もてけてけとついてくる。鈴の付いた赤い縮緬《ちりめん》の首輪をしているので、野良ではないようだが。

「ついて来るな、飼い主が心配しよう」

親切ごかしに注意してやった矢先、

「虎助《とらすけ》や、どこにいるんだい?」

と、背後から猫撫で声がした。

「ニャア」

「あぁ、いたね。いけないよ、店の外に出ては」

「ニャア」

三毛猫が宗太郎の足もとを一周回ってにおい付けをしてから、声のするほうへ向かって走っていく。

つられて、宗太郎も振り返った。

立っていたのは、それは上品そうな紗《しゃ》の薄羽織りを羽織った若旦那だった。

なかなかに苦み走った色男である。はて、つい最近、誰かが誰だったかのことをそんな風に形容していなかったであろうか？

宗太郎が遠慮がちに先方をうかがっていると、

「おや。あなたさまは、もしかして？」

と、若旦那は薄い胸板にひょいと三毛猫を抱き上げながら、より一層の猫撫で声をかけて寄越した。

「三日月長屋の、猫の手屋猫太郎さまではありませんか？」

「違います。それがしは、猫の手屋宗太郎と申します」

「あぁ、やっぱり。猫太郎さま」

いや、ですから、宗太郎です。

「お会いできてうれしいです。わたくし、三升屋平左衛門でございます」

「なんと！　平左衛門どの！」

「はい。どうぞ、以後、お見知りおきを」

平左衛門に丁寧に頭を下げられて、宗太郎は背中がむずがゆくなった。

思っていたよりも、うんと若い。

そういえば、雁弥がそんなことを言っていた。三十路そこそこなので若旦那のように見えるが、先代を早くに亡くしているので、れっきとした三升屋の主人なのだと。

「あぁ、さすがです。お見事です」

「はい？」

控えめながらも、平左衛門は宗太郎の全身を隈《くま》なく検分しているようだった。好奇というよりも、それは羨望の眼差《まなざ》し。

「聞きしに勝る泡雪の毛皮でございますね。猫太郎さま、無礼を承知でお願いいたします。そのお耳、触れてもよろしいでしょうか？」

断る！

と、腹のうちでは即答したが、平左衛門があまりにも頑是《がんぜ》ない子どものような目で猫耳を見つめてくるので、宗太郎は小さくうなずかざるを得なかった。

「恐れ入ります、ありがとうございます」

衣擦《きぬず》れの音を立てて近づく平左衛門が、人差し指でちょいちょいと宗太郎の三《み》つ鱗《うろこ》の形の右耳を突ついた。

「ふふ、羅紗《らしゃ》のようでございますこと。あたたかいのですね」

それがしは寒気がする、と言ってやりたかった。

平左衛門は自分の耳にも触れてみて、全然違う、と悲しそうに首を左右に振る。

挙句の果てには、

「虎助や。お前も長生きをすれば、いずれは猫太郎さまのように人に化けることができますからね。ちゃんと拝んでおきなさい」

と、三毛猫の前脚をつかんで、宗太郎を拝む真似までさせる始末。

たまげた。これは大層どころか、馬鹿の付く猫好きだ。いつか、美女に化けた猫股におこわにかけられ、身代を傾かせやしないかと心配になってくる。

「猫太郎さま。立ち話もなんですので、ぜひとも店にお立ち寄りくださいまし」

「いえ、それがしはこれより日暮らしの里へ参ります」

「あぁ……、寮へ……」

それまでの頑是ない表情が一変、平左衛門が仄暗《ほのぐら》い顔になった。

そして、改めて深々と頭を下げて寄越す。

「お手間をおかけして心苦しく思います。あのように情けない噂が立つのも、すべては手前の不徳の致すところです」

人出の多い大伝馬町の目抜き通りでのやり取りということもあり、行き交う人々が何ごとかと宗太郎と平左衛門を振り返って見やっていた。頭を下げているのが大店中の大店の三升屋の主だと気づいた人もいて、にわかに騒然となりつつある。

「平左衛門どの、顔を上げてください」

宗太郎は人目もはばからず頭《こうべ》を垂れている平左衛門に、ほかにどのような言葉をかけていいかわからなかった。

日暮らしの里の幽霊屋敷は、本当に今様累ヶ淵なのですか?

たったそれだけのことが訊けない。

野生の勘で、いやいや、剣客の勘で、三升屋平左衛門を信用に値する男だと判断したというのもある。いささかひよひよした御仁だが、目が汚れていない。

店前の騒ぎを聞きつけた三升屋から、

「旦那さま、いかがなさいましたか」

と、お仕着せのしるし半纏《ばんてん》を羽織る若い手代が血相変えて駆けてきた。

「なんでもないよ。憧れの猫太郎さまにお会いできて、虎助ともども舞い上がっているだけだよ。これで、あたしは、もうあと七十五日は長生きができそうだ」

それがしは、初物ではないのですが。

「さようにございましたか。ようございましたね、旦那さま」

「お前も、よく拝ませていただくといいよ」

「はい、おありがとうございます。せっかくですので、お客さま、店の奥で昼餉《ひるげ》を召し上がっていかれませんか?」

若い手代は、宗太郎に親しげな笑顔をくれた。

「それがね、猫太郎さまはこれから寮に向かってくださるらしいんだ」

「あぁ、さようにございますか」

主人に向かって若い手代は思慮深くうなずき返すと、一旦庇下に戻り、すぐに蛇の目傘を手に戻ってきた。

「手前どもの主人がお世話になります。こちら、お持ちください。道中、雨が降りましたら、現金掛け値なしの毛皮にいけませんでしょう」

さすがは三升屋、奉公人への教えはとことん行き届いている。

ただひとつ、現金掛け値なし、は余計であろう。


この日、宗太郎はまだ日が高いうちに谷中界隈にたどり着いた。雨は降りそうで降らないまま、西の空には切れ切れの晴れ間が見えている。

明日は、晴れるのかもしれない。

「夜に見るのと、昼に見るのとでは、見どころがまったく違うのであるな」

宗太郎は弥次郎兵衛のように右に左に肩を揺らして周囲を見て回りながら、寺社のなまこ壁が続く細い路地を進んだ。

先だって、雁弥は夜に見た感応寺の五重塔を『小幡小平次のように不気味』と表現していた。あのとき、宗太郎は意味がわからなかったが、後日、葛飾北斎の百物語を見て、あやつめうまいことを言うと思った。

薄曇りではあるが、明るいうちに見る五重塔に、不気味さは微塵《みじん》も感じられない。それどころか、物憂げな美しささえある。からりと晴れた日には、また別の印象を抱くことになるのかもしれない。

「幽霊屋敷も、昼に見てみれば、また何か違った一面を知ることができるかもしれん」

そう思うと気がはやり、足がどんどん前へ出る。

宗太郎は道祖神を祀った追分を左に進み、竹林を抜け、数寄屋造りのあばら屋を目指した。

「お邪魔する」

と、誰にともなくひと声かけてから崩れた透垣を乗り越え、三升屋で借りた蛇の目傘で夏草を叩きながら庭に分け入れば、すぐに蛍の飛んでいた濡れ縁が見えた。

「ほほう。夜に見たときはもっと荒《すさ》みが激しいかと思ったが、こうして見てみると障子や雨戸が傷んでいるだけで、室内はそれほど崩れているわけでもないのだな」

この間は土足のまま上がりこんでしまったが、草履は脱いだほうがよさそうだ。

宗太郎は、ミシッ、と床板を踏み鳴らして縁側に立ち、居間だったのではないかと思われる一室をまじまじと見つめた。

雁弥が大の字になって眠っていた畳も、多少の日焼けはあるものの、そこそこ気持ちよく眠れるだけの状態が保たれている代物《しろもの》だった。

壁には床の間や違い棚、天袋などがそのまま残っており、派手さはないものの、こだわりの資材をふんだんに使ったのであろうことがよく伝わってくる造りになっている。

「ふむ」

今度は室内に背中を向けて、縁側から庭をながめてみた。

「あれは……、萩《はぎ》か？」

夜に見たときは、ただの夏草かと思われたものが、昼に見れば立派な枝ぶりの萩であることがわかった。室内から座ってながめるときがもっとも見ごたえのあるように剪定《せんてい》されていたようで、縁側に並行するように低く長い垣根になっている。

「秋になれば、満開でさぞ美しいのであろう」

お内儀さんの心を、いかほどに慰めた花なのであろう。

「お内儀さんが、ここで朝に夕に何を思って過ごしていたのかが知りたい」

平左衛門どのに追いやられたというのは嘘か、真《まこと》か。

「洗い髪の女人の幽霊は、本当にお内儀さんの御魂なのですか？　お内儀さんの御魂は、今どこにいるのですか？」

薄情な夫に恨み節を聞かせたいのだとしたら、何ゆえ、大伝馬町の三升屋さんに出ないのであろう。

「この寮にこだわる理由があるのですか?」

問いかけてみても、答えはない。家鳴りひとつ聞こえない。

「まぁ、そうであろうな」

宗太郎はため息をこぼして、再び室内に向き直った。

ゆるゆると顔をめぐらせているうちに、あの晩は闇に隠れていた、続きの間があることに気づいた。

「おや、襖《ふすま》が閉められていたのか」

雨戸のない室内に、よく襖が残っていた。

そう考えると、畳が残っているのも不思議な話だ。この梅雨の季節、車軸の雨が降ることも少なくない。雨が吹きこんで、室内の調度はとっくに駄目になっているはずではないか?

宗太郎は、改めて床の間や違い棚を見た。

濡れた形跡がなかった。

「まさか……」

駆け寄って戸袋を確認すると、雨戸が複数枚しまわれていた。庭に転げ落ちている雨戸にばかり気を取られていたが、きちんと修繕されている。

「平左衛門どのが手を入れているのか？」

それにしては、中途半端な手の入れ方だ。

宗太郎は、閉めきられている続きの間の襖を見た。

萩の絵が描かれていた。

「あの奥に、何がある？」

しっぽりと濡れた鼻を舌先でペロリ、ペロリと舐めてから、宗太郎は襖の引き手に手をかけた。

しかし、何度舐めても、気持ちが落ち着かない。

業《ごう》の深い全身の毛皮が総毛立っていた。松葉に似たひげは前に向かって広がり、普段は長くひんなりしているしっぽが、短く太くなっている。あずき色の肉球も、ぐっしょりと汗をかいていた。

野生の勘が、警鐘を鳴らしているようだった。

鬼が出るか、蛇が出るか。

「ええい、ちょこざいな！」

意を決して、宗太郎は襖を開いた。長いこと誰も開けていないことを想定して力んだものだが、するりと動いた。

「む、これは……！」

開けてびっくり玉手箱……、とでも言えばいいのか、続きの間には思いもしない物が隠されてあった。

「……どういうことだ？」

日暮らしの里の寮の、昼の顔と夜の顔。

「ここにあるのが昼の顔なのだとしたら、夜の顔はなんのためにあるのか」

誰のために、あるのか。

「どうやら、もう一度、夜を待ってみたほうがよさそうであるな」

五

その夜。

宗太郎が北隣の日本橋田所町《たどころちょう》側から長谷川町の町木戸をくぐったのと、日本橋本石町の時の鐘が夜四つ（午後十時ごろ）を告げる捨て鐘を鳴らしだしたのは、ほぼ同時刻のことだった。

「猫先生、今夜はずいぶん夜歩きをなさっていらしたんですね。これが鳴り終わったら、町木戸に閂《かんぬき》をかけちまうところでしたよ」

木戸番小屋の番太郎の吉蔵《よしぞう》に声をかけられ、宗太郎は膝に両手をつき、肩で大きく息をした。大伝馬町あたりからここまで、走りっぱなしで帰ってきたのだ。

「間に合ってよかった、ハァ。吉蔵さんは一度眠ると、ハァ、どう起こしても起きてはくれませんからな、ハァ。あやうく、ハァ、町木戸の前で立ちん坊を食らうところであった、ハァ」

宗太郎は吉蔵に水を所望し、人心地がつくまで、木戸番小屋で休ませてもらうことにした。

吉蔵は、もういい年の老人だ。七福神の寿老人《じゆろうじん》のように頭が長い。

書役の長兵衛が言うには、

『あの人は真物《ほんもの》の仙人ですよ。わたしたちが子どものころから、長谷川町の番太郎をやっているんですから』

とのことで、町のことならなんでも知っている生き字引だ。

「あいすみませんね。年を取るといざとくなるってェのは、ありゃ嘘っぱちでしてね。かえって、いぎたなくなっていけませんや」

吉蔵が湯呑《ゆの》みになみなみ注いだ水のほかに、飴玉《あめだま》も出してくれた。

木戸番小屋とは、文字どおり町木戸の番をするための小屋のことだ。番小屋を守るのは住みこみの番太郎で、昼間は飴玉やおこしのような駄菓子や、懐紙、草鞋《わらじ》、草履といった荒物などを売って生計の足しにしている。

冬になると吉蔵は焼き芋も売り出すのだが、これがまたうまい。

「で、猫先生は、今夜はどこまでお出かけでいらしたんです？」

「日暮らしの里まで、ハァ、いろいろありましたが、ハァ、つまるところは蛍狩りに行ってきました」

宗太郎は吉蔵に、蛍の入った虫籠を掲げて見せた。この虫籠は宗太郎の自作ではなく、寮のそばの農家から譲ってもらったものだ。

「うひゃあ、何匹いるんです？」

「五、六匹ですが、明るいので、ハァ、これをぶら提灯代わりにして帰ってきました。長屋の子どもたちに見せたら、ハァ、喜んでくれるでしょう」

「懐かしいですな。あっしの子どものころは、数はそうは飛んじゃいなかったですけどね、浜町川あたりにもいたもんですよ」

「ほう、江戸市中にもいたんですか」

「今じゃ、あすこもただの生臭い堀割になっちまいましたけどね」

その生臭さが宗太郎の腹の虫を鳴かせたりもするのだが、言うのはやめておこう。

少し騒がしくし過ぎたか、どこかで犬が落ち着きなく吠《ほ》えているのが聞こえた。一匹が吠えると、誘われるようにして、あちこちの犬が遠吠えを始める。三光稲荷のお膝もとの長谷川町は猫の多い町であり、飼い犬や野良犬の多い町でもあるのだ。

それらを聞いていると、おのれの暮らす町に帰ってきたのだ、としみじみ思える。

「さて、では、そろそろ」

宗太郎は息が整ってきたのを見計らって、蛇の目傘と蛍の入った虫籠を手に腰を浮かしかけたが、

「そうそう、浜町川って言ゃァ、むかし、あのあたりの長屋に母親のわからない赤ん坊がいましてね」

と、吉蔵が節張った手で盆のくぼを叩きながら、油障子を開け放してある土間の外に目を向けて話し出した。

いつの間にやら、やかましかった犬の遠吠えは静まり、赤ん坊の泣き声が夜風にのって聞こえていた。

「ふたりの女人が、てめぇが母親だと名乗り出たんですが、どっちが実の母かわからないまま、長いこと言い争ってた騒動があるんですよ」

「ほうほう」

「さて、猫先生、どうやって実の母を決めたと思いますかい?」

宗太郎は腰を下ろして、したり顔でうなずいた。

「子どもの手を左右から引っ張らせて、痛がる子どもを見て、先に手を放したほうが実の母でしょう」

似たような話を、大岡政談《おおおかせいだん》で聞いたことがある。大岡越前《えちぜん》公は、宗太郎がもっとも尊敬する先人だった。

「青っ臭いですね、猫先生」

「なんですと」

「ここですよ、ここ」

「そこは……」

「親子ってェのはね、ここの形がおんなじなんですって。猫先生も、お父上か、お母上のどちらかと同じ形のはずですよ」

「そこが……、そういうことですか……」

宗太郎は自分のそこに毛深い手を伸ばしかけて、いやいや、今のこの業の深い姿では父上にも母上にも似ていようはずがない、とひっこめた。

ともすれば、宗太郎はただの人だったときの姿を忘れそうになることがある。生まれたときから、この奇妙奇天烈な白猫姿だったのではないかと、心が折れるに任せて膝まで折れそうになる。

それをなんとか踏ん張っていられるのは、長屋の面々や町の人々のあけすけなお節介に支えられて、どうにかこうにかながらも、ただの人と変わらない毎日を送れているからにほかならない。

「吉蔵さん、ごちそうさまでした」

「お帰りですかい、いつでもおいでくだせぇ」

宗太郎は生き字引の番太郎に礼を言い、一向に泣きやみそうにない赤ん坊の泣き声に耳を澄ましながら、夜の帳《とばり》が下りた三光新道を目指すのだった。


西の空に、細い月が浮かんでいた。雨続きだったことを思うと、久しぶりに見る月である。

しきりにむずかっていた赤ん坊は、どうやら泣きやんだようだった。

宗太郎は月を見上げながら、ふと思いたって三光稲荷へ足を運んだ。

夜の見回りをしなければならないというのもあるが、ひょっとしたら、あの人がいるのではないかと考えたからだ。

「あぁ、やはりいた」

か細い月明かりの下、柳腰の美人が科《しな》をつくるように立っている後ろ姿を見つけて、宗太郎は声をかける。

「文字虎どの」

「おや、猫太郎さん。夜の見回りかい、ご苦労なこったね」

「文字虎どのは、また小虎坊がぐずりましたか？」

「夜泣きには困ったもんだよ」

「元気のよい声が、木戸番小屋まで聞こえていました」

「やんなっちゃうね。早く、手がかからないようになってくれないかね」

そうは言いながらも、文字虎の二の腕は愛《いと》おしそうに小虎を抱き締めている。

文字虎にとっては小虎だけが家族なのだから、大事に思うのは当然だろう。

宗太郎は独り身なので親心について語るのは口はばったいが、子が親を慕う気持ちについてなら語れる。

小虎は、まだ言葉をしゃべらない赤子だ。親への悪態も吐《つ》かないが、感謝の意も述べない。それでも、小虎が文字虎をどう思っているかは、見ていればわかる。

目はずっと母親を追っている。腕の中で、安心しきっている。

「文字虎どの。それがし、今日もまた日暮らしの里へ行って参りました」

「そうかい。噂の幽霊屋敷、今度は洗い髪の女の幽霊が出るんだってね。怖い、怖い。そんなところには近づかないのがいいよ」

南無阿弥陀仏、と文字虎が繰り返す。

「嘘でした」

「え？」

「洗い髪の女人の幽霊の噂も、幽霊火と同じで真っ赤な嘘でした」

宗太郎は、確信をもって告げていた。

「嘘なもんか。出るよ、三升屋の寮には、この世に恨みを残したお内儀さんの幽霊が出るんだよ」

「文字虎どのは、幽霊屋敷と言われているのが三升屋さんの寮だということを、どこでお知りになりましたか？」

文字虎は一瞬怯《ひる》んだが、すぐに勝気な目になる。

「瓦版で、そうだよ、瓦版に書いてあったよ、三升屋平左衛門はひどい男だよ。お内儀さんをあんな田舎《いなか》に追いやって、妾を作るような薄情な男なんだってね」

「それがしも、初めはそう思っていました。しかし、人はみな、大なり小なり触れてほしくない大人の事情を抱えて生きていることを思い出しました」

宗太郎がそうであるように、平左衛門にも人知れぬ訳があるのだろう。

もちろん、それは文字虎も同じこと。

「事情なんて知ったこっちゃないさ！」

文字虎が声を荒らげるのを、宗太郎はただ黙って見つめ返した。

日ごろ、愚痴のひとつもこぼさない文字虎の心の叫びを聞くのが、今夜の猫の手屋の仕事になりそうだ。

「だいたい、妾も妾さ！　お内儀さんが病に臥《ふ》せっているのに、泥棒猫みたいに平左衛門としんねこになりやがって！　とどめに正妻になるだって？　笑わせんじゃないよ、そんな泥棒猫はお内儀さんに恨まれて、恨まれて、とことん恨まれて祟《たた》られっちまえばいいのさ！」

「お内儀さんは、誰も恨んではいないでしょう」

「恨んでるよ！」

「恨んでいないから、怪異が起こらないのです」

「恨んでくれていいんだよ！　あたしは、それだけのことをしちまったんだ。悪いのは、あたしなんだよ」

文字虎が、すやすや眠っている小虎をきつく抱き締める。

「だから、この子には……、この子だけには……天罰がくだりませんように……！　あたしのことだけを恨んでおくれよ！」

わあぁ、と声をあげて泣き崩れる文字虎の単衣《ひとえ》の袂《たもと》から、招き猫が転がり落ちた。

それを、宗太郎は拾い上げた。

「文字虎どのが、よくここにおいでなのは、願掛けをしていたからなのですね」

「三光稲荷は、犬猫にご利益があるんだろう？　だったら、泥棒猫の願いを聞いてくれたっていいじゃないのさ。あたしに天罰を下してくれたっていいじゃないのさっ」

「それは困りますな。文字虎どのに何かがあれば、小虎坊はどうなりますか？」

母親が興奮しているのを敏感に感じ取り、眠っていた小虎がぐずり出していた。涙を溜《た》めている一重の目もとは、文字虎によく似ている。

「三升屋が……、なんとかしてくれるよ。こんな裏長屋で育つより、よっぽど幸せになれるってもんだよ」

「平左衛門どのとお内儀には、お子さんがいなかったようですね」

「平左衛門は後継ぎがほしいだけなんだ。先代が早死にしたから、自分も長生きできないって思ってる。だから、早く後継ぎがほしいって」

「お内儀さんも、三升屋さんのために、どうしても後継ぎがほしかったのだと思います。ご自分が産めないならばと、潔く、身を退《ひ》いて寮に移ったのでしょう」

大店に嫁いだ以上は、店の暖簾《のれん》を守らなければならない。粛々と、次の代へ身代を残さなければならない。

どんな手を使ってでも、三升屋夫婦は後継ぎを手に入れたかったのだろう。

「……紀代は、やさしい女だったよ。見目なんか関係ないよ、内面は誰よりもきれいな女だった。あたしたち、親友だったんだ」

「それは……、知りませんでした」

ここからは宗太郎が知らない話なので、金色の目を見開いて聞いていた。

親友と言っても、紀代は裕福な米問屋の娘で、お嬢さまだった。文字虎の母親がその米問屋で女中働きしていた縁で、ふたりは仲良くなった。

平左衛門と紀代の祝言《しゆうげん》は家と家との祝言で、惚《ほ》れた腫《は》れたの想いはなかった。そういう想いは夫婦になってから育めばいいというのが、大店の祝言の考えなのだ。

ところが、先に想いを交わし合ったのが、平左衛門と文字虎だったという。

「紀代に常磐津《ときわづ》を教えるために三升屋へ出入りしているうちにね、平左衛門と理《わり》ない仲になっちまったんだ。あたしは……、あたしこそ醜いんだよ。醜い泥棒猫なのさ」

宗太郎は泥棒猫の意味を慎重に考えながら、昼間、日暮らしの里で見聞きしたことを話してみることにした。

「今日、寮の閉めきられた続きの間で、洗い髪の鬘《かつら》を見つけました」

それによって、宗太郎がどういう答えを導きだしたのかも。

「周辺の農家に聞きこんでみたところ、少し前から、寮で怪異が起こっているように見せかけていたと、白状してくれる農夫がいました。なんでも、とびきりの美人に金子を渡されて頼まれたのだそうです」

「おしゃべりな農夫だね」

「幽霊火が浮かぶ、洗い髪の女人の幽霊が出る。文字虎どのは、そうした怪異の噂を流すことで、あの寮に人が寄りつかないようにしたかったのではありませんか？」

「あたしは損なことはしないよ。そんな得にもならないようなことを、なんのためにするっていうのさ？」

問いに問いかけで返す文字虎は、いつもの勝気な目を取り戻していた。

「文字虎どのにとって得にはならなくても、誰かにとって得になることならば、損とわかっていてもなさるのではありませんか？」

「買い被《かぶ》り過ぎさ」

「庭の萩が殊のほか手入れされていたことと、何か関係がありますか？」

宗太郎の手もとでは、蛍が静かに幽《かそ》けき光を放っていた。

声をかぎりにして鳴く蟬《せみ》よりも、鳴かぬ蛍のほうがいっそ声を嗄《か》らしているのかもしれない。それはまるで、心のうちで人知れず叫び続けている文字虎どののようである、と宗太郎は思った。

「紀代は、あんな雀のお宿でも気に入っていたんだ。とくに秋の萩の花が好きでね、あたしの常磐津を聞きながら、何刻《なんどき》でも庭を眺めていたよ。亡くなる直前、来年の萩はもう見られないかもしれないって……紀代が言ったんだ」

だから、約束したのだそうだ。

「必ず、来年も見せてやるってね」

それなのに、平左衛門は紀代が亡くなるとすぐに寮を手放そうとした。せめて一周忌が終わるまでは残してくれと頼んでも、縁起が悪いと突っぱねられた。

「平左衛門は、いつも死に怯《おび》えてるから。そういう験《げん》ばっかり担ぐんだ。あの寮には、まだ紀代の魂が残ってるのに。萩が咲くのを、あの寮で待ってるのに」

そこで幽霊屋敷の噂を流して人が近づかないようにして、今年の萩の季節を迎えようとしたというのが、今回の幽霊屋敷の真相だった。

「でもね、幽霊だなんだって騒ぎを起こしてるうちに、気づいちゃったんだよね。紀代が本当に幽霊になってたら……どうしようって。それはきっと、あたしを恨むためなんだろうって。怪談の累ヶ淵では、累は自分を殺した夫と、後妻と、その子どもにまで祟ってる」

小虎まで祟られると思ったら……怖くなった、と文字虎は赤子の頭を撫でた。

「幽霊など、いませんよ」

「ふっ、野暮堅い猫太郎さんらしいね」

「人は死したのちは、極楽浄土へ行くのです」

「……まだ行っちゃだめだ。今年の萩を見てからにしておくれよ」

「極楽浄土からも見えましょう」

そして、聞こえていましょう。鳴かぬ蛍の心の叫びも。

宗太郎が〝猫の手〟を差し出すと、文字虎はその手を取って立ち上がった。

「なんだろうね。猫太郎さんに言われると、本当にそんな気がしてくるね」

「幽霊はいませんが、妖怪はいます」

「妖怪だって？ それこそいないって」

「いいえ、それがしは見たことがあります。今も、そこに」

宗太郎には、少し前から、祠《ほこら》の銅葺き屋根の上でニヤニヤと笑っている黒猫が見えていた。天鵞絨《びろうど》を着こんだような毛皮は夜の闇ににじんでいたが、金色の目が異様に光っているので、すぐにわかる。

屋根からだらりと垂れているしっぽは、今日は二股に裂けてはいなかった。これは、あやつがただの猫のフリをしているときだ。

本性を現したときにだけ、すなわち、しっぽが二股に裂けているときだけ、黒猫は人語をしゃべる。

「いやだよ、猫太郎さん。あれは、いつもこの三光稲荷で餌をもらってる野良猫だよ」

文字虎が、ようやくいつものように婀娜《あだ》な笑顔を見せてくれた。

先ほどまでぐずっていた小虎まで、もう笑っている。ひとつに重ねた鼓動から、母親の胸のうちに立つ小波も大波も読み取ってしまえるのだろう。

「あぁ、そういえば」

と、宗太郎は小虎の耳を指差した。

「小虎坊のその福耳ですが」

「福耳がどうかしたかい？」

「平左衛門どのも、立派な福耳をされていますね。それがしの猫耳をうらやましがっておられたようですが、こんな三つ鱗《みうろこ》の形より、よっぽどいい。耳の形は、父親か母親のどちらかに似るのだそうですよ」

文字虎はハッとした顔をしてから、じっと小虎の耳たぶを見つめた。

「……そうかい」

「はい」

「……あの人に似てるかい」

「はい」

宗太郎は何度でも、大きくうなずいた。

そうしながら、何気なく祠の銅葺き屋根の上をうかがったが、もうどこにも黒猫の姿はなかった。

「ふむ。今夜は、見届けてはくれんのか」

宗太郎は、世のため、人のために善行を積まなければならない。

それは、ひいてはおのれのため。

百の善行が認められたとき、ただの人の姿に戻してもらえることになっている。

「やれやれ、先は長い」

「なんだい、猫太郎さん、さっきからブツブツと。小虎がうとうとしだしてるんだから、静かにしておくれな」

「む、かたじけない……」

宗太郎は、文字虎に頭を下げた。

「そんなことで、男がいちいち頭下げるんじゃないよ」

文字虎に怒鳴りつけられ、シーッ、と宗太郎は口の前で人差し指を立てた。猫にもちゃんと、器用に動く五本指があるのだ。

「まぁ、よい。それがしは、焦らずに町の人々にお節介を焼いていくとも」

誰に聞かせるでもなくつぶやいて、宗太郎は大きく伸びをしたのだった。

思案橋から

一

ある日の、早朝。

「御免」

長谷川町《はせがわちょう》内のとある長屋の腰高障子の前で、猫の手屋こと、近山宗太郎《ちかやまそうたろう》は凜《りん》とした大声を張りあげた。が、声とは裏腹に腰が引けている。

中からの返事を待つ間、宗太郎は落ち着きなく周囲に金色の目をめぐらせた。

井戸端では、空に向かってまっすぐに伸びる立葵《たちあおい》が、頂まであますことなく紅や白の大輪の花を咲かせているのが見てとれる。

この花がてっぺんまで咲き切ると、梅雨《つゆ》が明けると言われている。

江戸に、本格的な夏がやって来たのだ。

「朝から、暑い」

ついこぼしてしまったとき、ガラッと威勢よく腰高障子が開いた。

「おうおう、猫先生。おはようさん」

顔を見せたのは、団扇《うちわ》片手に諸肌《もろはだ》を脱いでいる粋がった男だ。年は不惑《ふわく》過ぎのはずだが、小柄な体軀《たいく》はいかにもはしこそうで、よく言えば若々しい。悪く言えば、落ち着きがない。

男は団扇をせわしなく動かしながら、大あくびをしていた。

「おはようございます、国芳《くによし》どの。ゆうべは、寝ずに筆を握っておられたのですか？」

「まぁね、今の時期は団扇絵がちっくり立てこんでましてね。あぁ、でも、鼠除《ねずみよ》けの猫絵なら描《か》きあげてありますすよ。猫先生の頼みとあっちゃ、待たせるわけにゃいかねぇでしょう」

そう言うと、男は絵皿や奉書紙《ほうしょがみ》で散らかった四畳半に駆け戻っていった。

入れ違いに、男が飼っている猫たちがしっぽを立ててぞろぞろと出てくる。

「むっ！」

「ニャー、ニャー」

「わ、わかった。すぐに帰るゆえ、来るでない」

「ニャー、ニャー」

宗太郎の腰が引けていた理由は、この猫たちにある。ここを訪ねるには、照り降りなしに猫たちにまみれなくてはならない。

男は当代きっての人気絵師、歌川《うたがわ》国芳だ。

国芳というと猫、猫というと国芳と言っても過言ではない。三光稲荷《さんこういなり》に捨てられている仔猫《こねこ》を次から次へと拾って帰っては、一匹一匹に丁寧に名前をつけて我が子のようにかわいがっているという、筋金入りの猫好きである。

長屋暮らしではいい加減手狭になってきたので、この界隈《かいわい》で戸建てを借りられないものかと探しているらしいが、その家はいずれ間違いなく猫屋敷と呼ばれることになるだろう。

「おそろしい……」

と、業《ごう》の深い我が身を棚に上げて、宗太郎は身震いする。

宗太郎が国芳と知り合ったのは、裏店《うらだな》暮らしにもようやく慣れてきた昨年の年の瀬のことだ。北風がひどく寒い朝に、地獄絵紋様のどてらを着こんだ国芳がいきなり三日月長屋にやってきたのだ。

『こちらの長屋に、おいらの錦絵から抜け出たような白猫の先生が暮らしているってぇのは本当ですかい？』

ずいぶんと無礼なおとないだったが、国芳は猫を擬人化した絵を多数描いているため、そうした噂《うわさ》が耳に入ったのだろう。

『同じ町内にいるんなら、ぜひとも、お顔を拝みてぇ』

大声で騒いでいるのを聞きつけて、宗太郎は長屋の木戸まで出ていった。

それからあとのことは、あまり思い出したくない。大伝馬町《おおでんまちょう》の三升屋平左衛門《みますやへいざえもん》がそうであったように、猫好きが奇妙奇天烈《きてれつ》な白猫姿の宗太郎を初めて見たとき、やることはだいたい同じだ。

三《み》つ鱗《うろこ》の形の耳を突つかれた。長くひんなりしたしっぽをつかまれた。挙句の果てには、全身を撫《な》で撫でとこねくり回された。

身の毛もよだつ思い出がよみがえり、宗太郎はぶるんぶるんと顔を振る。

「おぞましい……」

さておき、出会いはどうであれ、国芳は気のいい男だった。あけすけな三日月長屋の面々から、

『猫太郎さんは人に化ける修業中の猫なんだよ』

と、耳打ちされているようで、白猫の先生が一日でも早く人に化けきれるようにと折々に手拭いを付け届けてくれる。

宗太郎にはよくわからないことだが、長生きをした猫は頭に手拭いをのせて踊ると人になれるという、俗信があるらしいのだ。

「はいよ、猫先生。鼠除けの猫絵、二十枚ほど描いておきましたから」

土間に戻ってきた国芳が、墨絵の束を差し出した。

「いつもかたじけない」

「おいらの猫絵なんかより、猫先生のその金色の目でにらみを利かせたほうが、よっぽど鼠も縮みあがると思いますけどねぇ」

宗太郎は奇妙奇天烈な白猫姿をしているためか、近隣の商家から鼠退治に〝猫の手〟を貸してほしいと頼まれることが多い。

だが、しかし、何度でも言わせてもらうが、それがしは猫ではない。あくまで武士であって、鼠捕りの名人でもない。できることといえば、せいぜい鼠捕りの罠《わな》を仕掛けておくぐらいなものだ。

それなので宗太郎は鼠退治の依頼を受けるたび、ひと通りの罠を仕掛けたら、あとは国芳の鼠除けの猫絵を置いて帰るようにしていた。

猫絵とは読んで字のごとく、猫を描いた墨絵のことだ。生き身の猫に代わって、壁や柱に貼られた墨絵の猫が、傍若無人な鼠のふるまいに目を光らせてくれるという趣向になっている。

猫好きだけあって国芳の描く猫には隙がなく、今にも飛びかからんとする体勢で背を丸めている一瞬を切り取った猫絵は、不動明王もかくやという迫力があった。

「お見事、さすがは国芳どのです。これはお礼の……」

と、宗太郎が袂《たもと》に手を入れようとすると、

「いやいや、金子《きんす》はようござんすよ。いつものアレをお願いできれば」

「はぁ、いつもの……ですか」

宗太郎は松葉に似たひげをすぼめて、二度足を踏んだ。

「猫先生のアレは長谷川町いっち、いんや、江戸いっちですからね」

この場合のアレは、大家の惣《そう》右衛《え》門《もん》が口癖にしているような意味のわからないアレではない。宗太郎には、国芳が何を求めているのかがよくわかっていた。

わかった上で尻ごみをしてしまうのだが、

「頼みますよ、猫先生。さっとでいいですから」

「それがしは猫先生ではなく」

「頼みますよ、白猫先生」

「白猫先生でもなく」

人から頭を下げられると、どうしても否やを言えない。

「わかりました。では、少しだけ」

宗太郎はしっぽりと濡《ぬ》れた鼻を舌先でペロリと舐《な》めてから、右手を差し出した。

「ありがてぇ！　では、失礼して！」

と、国芳がすぐさま宗太郎の毛深い手をつかみ、あずき色の肉球をぷにぷにと押す。

顔を近づけて、鼻をくんくんと鳴らし出す。

「うへぇ、この肉球のにおいで飯が三杯は食えますねぇ」

食えるか、と宗太郎はしっぽの毛を逆立てながら内心で突っこんでやった。

「おいらの猫たちの肉球は、もっと汗に泥やら埃《ほこり》やらのにおいがするんですが、猫先生の肉球は汗のにおいしかしねぇのがいいですね」

さもありなん、それがしは武士ゆえ四つん這《ば》いでは歩かんからな。

「こいつはどうも、毎度、いいにおいをごちそうさまです」

消えゆく泡雪《あわゆき》を惜しむように宗太郎の毛深い手を放す国芳は、いつまでもすーはーすーはーと鼻息を荒くしていた。その顔は、熱に浮かされたように上気している。

国芳は、猫の肉球のにおいを大好物としていた。

「国芳どのは、その……、いつも猫の肉球のにおいを嗅いでおられるのですか？」

「そうですね。筆を握ってるか、肉球をまさぐってるか、どっちかですかね」

「猫に、嫌がられはしないのですか？」

「みんなよろこんで、しっぽを振ってますよ」

それは違う。猫がしっぽを振るのはおもしろくないことをされているときや、いらいらしているときだ。

宗太郎は足もとを駆け回っている国芳の猫たちへ、

「お前たちも苦労しているのであるな」

と、初めてやさしい目を向けることができたのだった。

国芳の長屋を出たその足で、宗太郎は大伝馬町の三升屋へ向かった。

幽霊屋敷の一件で顔見知りになってからというもの、三升屋からこまごまとした依頼を受けるようになっていた。

宗太郎は常磐津《ときわづ》の師匠である文字虎《もじとら》の素性や小虎《ことら》の父親について、三日月長屋の誰しもが詳しいことを知らないと思っていたが、もしかしたら、大家の惣右衛門だけは三升屋平左衛門からそのあたりの因果を含められていたのかもしれない。

あるいは、ひょっとしたら、なん八《ぱち》屋つるかめの女将《おかみ》であるお軽《かる》たちも、薄々は地主の平左衛門と文字虎の理《わり》ない仲に気づいているのかもしれない。

そういう目で気をつけて見ていると、文字虎のところへは、頻繁に身なりのきちんとした若い男がやって来ていた。お仕着せのしるし半纏《ばんてん》こそ着ていないが、おそらくは三升屋に何人もいる手代のうちのひとりなのだと思われる。主人につなぎ役を任されていて、母子《おやこ》の暮らしに必要な品々を届けているのだろう。

文字虎は、相変わらず、三日月長屋で暮らしている。平左衛門は一刻も早く跡取りと後妻を大伝馬町に迎えたがっているそうだが、当の本人が喪が明けるまでは梃子《てこ》でも動かないと意地を張っているらしい。

これからのことはどうなるかわからないが、宗太郎は引き続き文字虎に余計だったり、余計でなかったりする世話を焼いていこうと思っている。

なんていうことをつらつらと考えているうちにも、汗だくの身体《からだ》は大伝馬町界隈までやってきていた。

二丁目の北側に丸に升三つの家じるしが誇らしい三升屋を見つけると、宗太郎は店前で箒《ほうき》を手にしている丁稚《でっち》の子どもに声をかけ、中から手隙の手代をひとり呼び出してもらった。

「あぁ、猫先生。ようこそおいでくださいました、どうぞ奥へ」

丁稚の子どももそうだったが、出てきた若い手代も宗太郎を見るなり、まずは両手を合わせて拝む。

それというのも、平左衛門が宗太郎と初対面のあいさつを交わしたときに、

『これで、あたしは、もうあと七十五日は長生きができそうだ』

と、そばにいた手代に口走ったことが広まり、三升屋の店者《たなもの》たちから鰹《かつお》や松茸《まつたけ》の初物であるかのように崇《あが》め奉《たてまつ》られているのだ。

「それがしを見て西を向いて笑っても、なんのご利益もありませんぞ」

と、律儀な宗太郎はそのつど打ち消してはいるものの、旦那さまがおっしゃることに間違いはありませんから、と誰も聞く耳を持たない。

それがどうにもむずがゆくて、宗太郎は本音を言うと、あまり三升屋には近づきたくなかった。これで平左衛門に捕まろうものなら、また耳を触らせてほしいとかなんとか、さらにむずがゆいことを言われかねない。

この日も若い手代からは熱心に奥に上がることを勧められたが、宗太郎は国芳に描いてもらった鼠除けの猫絵を渡すと、早々に三升屋をあとにした。

三升屋には三毛猫の虎助《とらすけ》がいるものの、鼠にまったく見向きもしないのだそうだ。

『お店も蔵も広いので、虎助さんおひとりでは間に合わないのでしょう』

と店者たちは言うが、平左衛門どのが人の子を育てるように乳母日傘《おんばひがさ》でかわいがったせいで、虎助めは野生を忘れているのであろう、と宗太郎は思っている。

だいたいが虎助は猫なのだから、ひとりではなく一匹である。さん付けで呼ぶのもいかがなものか。

「そんなことだから、それがしに猫退治のお株を奪われるのだ」

いやまぁ、奪いたくもないが。

猫の手屋が町の人々に頼りにされるのはありがたいが、鼠退治ばかりが増えても百の善行にはつながらないのではないかと心配になってくる。

世のため、人のため。

ひいては、おのれのため。

「一日一善を心掛けているつもりでも、難しいものであるな」

元来が真面目《まじめ》を絵に描いたような男なので、道義に反したことは鶏が空を飛んでもすることはない宗太郎なのだが、改めて善行を積もうと思うと何をしてよいのか考えてしまう。

そもそも善行とはなんなのか、ありがたい高僧に一度きちんと説法をしてもらったほうがよいのではないかと、今ごろになって真剣に思い悩む。

さて、そんな宗太郎が三日月長屋に戻ってきたのは、すっかり昇ったお天道《てんとう》さまがちょうど南天に差しかかったころだった。

猫型の看板をぶら提げた九尺二間の前に立ったとき、腰高障子はぴしゃりと閉まっていたものの、土間の向こうの四畳半から人の息遣いが伝わってきた。

「お軽どのか？」

また店子《たなこ》の誰かが勝手に上がりこんで、畳にはたきでもかけてくれているのかと思い、宗太郎はそろりと腰高障子を開いた。

土間には、几帳面《きちょうめん》にそろえられた一足の草履が脱いであった。それ自体は決して新しいものではないが、手入れが行き届いているようで泥汚れがついていない。

こうまで持ち物に気を使う人物を、宗太郎はひとりだけ知っていた。

「おう。爺《じい》か、来ていたのか」

「若、お帰りなさいませ」

四畳半で、白髪の武士が丁重に頭を下げていた。惣右衛門や、長谷川町の書役《かきやく》である長兵衛《ちようべえ》よりも年かさのはずだが、眼光は壮年のままに鋭い。

「外出のようでしたので、待たせていただきました。勝手に上がりこみましたこと、まことにご無礼つかまつります」

「構わんよ。ここでは、みんなそうであるからな」

「は？　みんな？」

爺が怪訝《けげん》そうに眉を寄せるので、宗太郎は四畳半に上がりこみがてら軽く手を挙げてやり過ごした。

宗太郎に親しげに爺と呼ばれる老人の名は日下部《くさかべ》喜八《きはち》、近山家の用人《ようにん》だ。

といっても、宗太郎が裏店暮らしで名乗っている近山姓は、実は偽名である。本名を持ち出したときに、万が一にも父のお役目に障《さわ》りが出てはいけないので、赤の他人になりすましているのだ。

日下部家は、代々、宗太郎の家の用人を務める家柄なのだが、喜八は独り身を貫いたため、子どもがいない。それなので、倅《せがれ》に跡を譲って楽隠居うんぬんということがなく、宗太郎の祖父の時代からお勤め一辺倒に生きてきた。

まるで有平糖《アルヘイとう》のように頭の堅い老人である、と宗太郎は思っている。おのれの石部金《いしべきん》吉《きち》ぶりが、かすんで見えるほどだ。あの石頭がひとつあれば金槌《かなづち》いらず、どんな釘《くぎ》でも打てそうだ。

それでもって、顔はへのへのもへじに似ている。目は糸くずのように細く、鼻は鷲鼻《わしばな》で、薄いくちびるをいつでも怒ったようにへの字に引き結んでいる。

こう言い並べると、なんだか悪口ばかりのように聞こえるかもしれないが、宗太郎は喜八をとても慕っていた。お役目で忙しい父に代わって、幼い宗太郎に剣術を教えてくれたのは喜八だ。肉親のように思っている気安さから、つい飾りのないことを言ってしまうのだ。

爺は、折に触れて、着替えやら食べ物やらを届けてくれていた。

「爺、しばらくぶりであるな。息災か？」

「はい。こうして若のご尊顔を拝することができまして、もうあと十年は長生きできそうにございます」

平左衛門は七十五日だったが、十年とはえらく気張っている。

「ですが、わたくしも老いて、少々黒目が白く濁ってまいったのでございましょう。若が役宅をお出になったころから、ご尊顔が白猫に見えてなりません」

「案ずるな、それは爺の目が悪いわけではない」

「では、何が悪いので？」

へのへのもへじにひたと顔を見つめられ、宗太郎は鋭い爪を立てて泡雪の毛皮に覆われた頰を掻《か》いた。

「まぁ、その、それがしが……悪い」

「ほう。若は、業に沈むような何ごとかをなさったのですか？」

「いや、まぁ、した……ような、しなかったような」

「武士ならば、はっきりなされよ！」

声を張った喜八が枯れ枝のような右手で畳を叩《たた》いたので、宗太郎はびくりと肩を震わせた。

「若。わたくしが口にするまでもないことではありましょうが、殿も、奥方さまも、離れて暮らす若の御身《おんみ》を大層案じておりますぞ」

「それは、それがしも同じこと。父上と母上は、ご健勝であられるか？」

「それにつきましても、わたくしが口にすべきことではないのかもしれませんが、殿は長年来の患《わずら》いである痔《じ》に日々悩まされております。奥方さまは、梅雨の時期に右手の人差し指にさかむけがおできになっておりました」

喜八一流の持って回った言い方だが、要するに、ふたりとも健勝だということなのだろう。

「ふむ、痔もさかむけも、お達者で何より」

宗太郎は大きくうなずくと、文机《ふづくえ》の上に置いてあった団扇を手に取ってぱたぱたと衿《えり》もとを扇《あお》いだ。

が、すぐにその手を止めて、表情を改める。

「そういえば、今年になって父上はお役目の任を解かれ、今は別のお役に就《つ》いておられると聞いたが？」

「はい。まことにもって遺憾《いかん》なことではございますが、今の江戸には妖怪が跋扈《ばっこ》しておりますゆえ……。しかしながら、知行は増えましてございます」

これまた持って回った言い方だが、地位は上がったものの、不本意な閑職で尻を暖めているということなのだろう。もう少し詳しい話を聞きたいところだが、こうした裏店では壁に耳あり徳利《とつくり》に口あり、めったなことはしゃべらないのが肝要だ。

願わくば、それがしの存在が父の足を引っ張ることになりませんように。

ちなみに、喜八の言う妖怪とはいわゆる妖怪のような人物のことであって、宗太郎が日々振り回されている真の妖怪とは別物だ。

この世には、真の妖怪がいることを告げたら、爺はどういう顔をするであろう？

「いずれにせよ、殿はこれからも町の人々に寄り添って歩んでいかれると、わたくしは信じております」

宗太郎は、再び大きくうなずいた。

父は若いころに武家屋敷を飛び出し、市井《しせい》でいささかやんちゃをしていたことがあるため、江戸の町のあれこれに明るい。さすがに白猫姿ではなかったはずだが、今のおのれと似たような毎日を送っていたのかもしれないと思うと、宗太郎もここでの暮らしで見聞きしたことをいずれはお役目に存分に役立てたいと、前向きなことを心に抱くのだった。

「そうそう、琴姫《ことひめ》さまにおかれましては、金魚をお飼いになられたそうで」

「なんと、お琴どのが？」

「あぁ、そうでございました。本日は、わたくし、琴姫さまより文《ふみ》を預かってまいったのでした」

喜八が脇に置いてあった風呂敷《ふろしき》を引き寄せ、中から母が縫ったと思われる浴衣《ゆかた》や、宗太郎の好物の羊羹《ようかん》、まんじゅう、煮干しなどと一緒に一通の文を取り出した。

「お琴どのも、息災か？」

「ご自分の目でお確かめなされ。つれづれなるままに、文をしたためてくださったそうですぞ」

さぁさぁ、と喜八にせっつかれて、宗太郎はとまどいながら文を広げた。

琴姫は宗太郎よりも六つ年下の、さる大身旗本《たいしんはたもと》の娘だ。親同士が親しく行き来していたこともあり、宗太郎は幼少のころからお琴を知っている。

だからといって、筒井筒《つついづつ》の仲というほど親しいわけでもない。六つも年下で、それも異性となると、共通の遊びが見当たらないのもいたしかたない。

お琴は、宗太郎の許嫁《いいなずけ》なのである。姫が生まれて間もなく、親同士が酒の席で盛り上がって決めた。宗太郎の身に何ごとも起きなければ、この春、ふたりはめでたく祝言《しゅうげん》を挙げる運びになっていた。

「若。琴姫さまは、なんと？」

お琴は色白で頬のふっくらした、あどけない顔立ちをしている。

「若？」

「む？　むう、そう急《せ》かすな」

花のかんばせを思い浮かべてぼんやりしていた宗太郎は、慌てて文に目を通した。

お琴とは、奇妙奇天烈な白猫姿になってから一度も会っていない。宗太郎は今、表向きは、剣術を極めるために武者修業の旅に出ていることになっているのだ。

「なになに……。りゅうきん二尾に、出目金を一尾飼い始めたそうであるな。真っ赤なりゅうきんには通之進《みちのしん》のい、赤白まだらのりゅうきんには通之進のろ、出目金には通之進のはと名づけたらしい」

「通之進とは、よき名にございますな」

それは、宗太郎の幼名だ。

「暑くなってきたからといって腹を出して寝るな、水菓子ばかり食べるな、米はしっかり噛《か》んでいただけ、とも書いてある」

「お気づかい痛み入りますな」

「そうであるな」

「……ほう」

喜八の糸くずのような目が、一層鋭くなった。

「何か、その顔は」

「いえ、若が琴姫さまのお節介……、いえ、お気づかいを素直に受け入れましたことに驚きまして」

「それだけ市井にもまれたということ。お節介とは焼かれた分だけ、他人に焼きたくなるものだと知った」

お琴は宗太郎よりも年下でありながら、姉が弟を叱るように何かにつけてお節介を焼きたがる。そうしたふるまいをこれまでは煙たく思うこともあったが、裏店暮らしをまんざらでもないと感じるようになっている今では、お琴の気持ちがわからないでもなかった。

我ながら、丸くなったものだ。いや、猫だけに背中が丸いのではない。心映えが、である。

「お琴どのにも、不便をかけてしまって申し訳がない」

「そうお思いでしたら、文の返事をお書きくだされ。数日ののちに、わたくしが取りに参ります」

「考えておく」

「またそういうはっきりしないことをおっしゃる。武士ならば、何ごとにも腹をくくって挑まれよ！」

またしても畳を叩かれ、おのれの丸みに若干満悦していた宗太郎は、長くひんなりしたしっぽを悄然《しょうぜん》として太腿《ふともも》に引き寄せた。

「若」

「わかった、文を書こう。必ず書こう」

「この爺めに、そろそろ、打ち明けてはくださりませんか？」

「……なんの話か」

そらとぼけて見せるも、喜八の顔つきが思いがけずやさしかったことに宗太郎の声はうわずっていた。

「この夏が終われば、ひととせになります」

「まだ夏は始まったばかりであろう」

「昨秋にさかのぼりまして、一体、若の身に何がありましたのか？」

糸くずのような目が、まっすぐに宗太郎の金色の目を射抜いていた。

この仕儀について、喜八がこうまではっきりと問いかけてきたのは、今回が初めてのことだった。

あれはそう、仲秋の名月が美しい晩のこと。

宗太郎は青天の霹靂《へきれき》としか言いようのない我が身の変貌に気が動転してしまい、しょっぱなに事の次第を言い出す機を逃してしまってからは、言っても詮ないことであるとだんまりを決めこんできた。

しかし、それがしが何ゆえに業に沈むことになったのかを、近しい人にはやはり話しておくべきだったのであろう。

話さないことで心配をかけまいとしたなどというのは、肩肘張った思い上がりにすぎない。離れていても宗太郎が両親を思いやるのと同じで、両親もまた宗太郎を思いやらないはずがないのだ。

狭い四畳半で膝を突き合わせて座り、奇妙奇天烈な白猫姿から一向に目をそらそうとしない喜八の双眸《そうぼう》の奥に、両親の慈悲深い目が見えた気がした。

父が何があったのかを一度しか問いかけてこなかったように、今を逃してしまったら、爺もう二度と訊《き》いてこないかもしれない。それは関心がないからではなく、見守る覚悟を示してくれているのだということに遅まきながら気づいた。

急に、胸がかきむしられるように痛んだ。

「爺、笑わないで聞いてほしい」

「箸が転がってもおかしい齢《よわい》は、とうに過ぎましたぞ」

喜八が薄いくちびるを一段とへの字に引き結んだので、宗太郎も居住まいを正して武士らしく腹をくくる。

三光新道《じんみち》からは、『ひゃっこい、ひゃっこい』という冷や水売りの威勢のいいかけ声が聞こえていた。

二

燃えるような西日に、人も建物も長い影を落とすころ。

油蟬《あぶらぜみ》やみんみん蟬に代わって、カナカナカナカナ……、と蜩《ひぐらし》が鳴きはじめる。

この日、宗太郎は日本橋北の東堀留川《ひがしほりどめがわ》に架かる親父橋《おやじばし》まで、用人の日下部喜八を見送っていった。お役目の任を解かれた父は呉服橋御門《ごふくばしごもん》内の役宅を出て、芝《しば》の愛宕下大《あたごしたない》名小路《みょうこうじ》にある上屋敷へ母や爺ともども戻っているとのことだった。

両親のことをくれぐれもよろしく頼むと言いつけて、宗太郎は喜八と別れた。

その後、なんとなくまっすぐ三日月長屋に戻る気にはなれず、親父橋から南へ一町ほど行った日本橋小網町《こあみちょう》一丁目と二丁目を結ぶ思案橋《しあんばし》へと足を運んだ。

思案橋とは、また風流な名前の橋だ。むかし、この界隈に芝居町と吉原《よしわら》があったころに、大尽客《だいじん》たちがどちらへ遊びに出かけようかと橋の上で思案したことから、その名があると言われている。

その洒落《しゃれ》でというわけではないが、宗太郎は物思いに耽《ふけ》りたいときに、ときどき思案橋までぶらぶらと歩く。

橋の欄干《らんかん》に毛深い腕で肘をつき、西側一帯をのぞめば、目の前に広がるのは日本橋川だ。両岸に建ち並ぶ白壁の土蔵を背景にして、諸国からの荷を運ぶ五大力船《ごだいりきせん》や、小回りの利く茶船《ちゃぶね》、高瀬舟《たかせぶね》などがせわしなく行き交っている。南へ少し下ったところには鎧《よろい》の渡しがあるため、艀舟《はしけぶね》にまじって渡し舟が茜色《あかね》の川面《かわも》を進むのも見えた。

「爺に、話をすることができてよかった……」

ついに、宗太郎は喜八にはすべてを打ち明けた。昨秋からの毎日は、どこかそぞろ神に取り憑《つ》かれたような心地だったが、今は妙な清々《すがすが》しさがあった。

喜八はただ黙って、話を聞いてくれた。途中、何度か驚いたように目を見開くことはあったが、何を馬鹿げたことをと笑い飛ばすことはせずに、神妙な顔つきで相槌《あいづち》を打ってくれていた。

『若は、耳嚢《みみぶくろ》や兎園《とえん》小説なるものをご存じでございますか?』

話を聞き終えた第一声は、それだった。

『ひと昔前に流行《はや》った、珍説奇談などを集めた書物です。巷《ちまた》には狐狸《こり》や河童《かっぱ》、蛮女《ばんじょ》といった、およそ信じられないような話の数々があふれておりますれば、若がこのたび体験されたような出来事も、世になくはないと思います』

あっさり受け入れてくれる懐の広さが、頼もしかった。こんな気持ちになれるのならば、もっと早くに洗いざらい話してしまえばよかったと後悔した。

「すべては、あの晩、ここ思案橋から始まったのであったな」

つぶやいて、宗太郎は小網町二丁目の貝杓子店《かいじやくしだな》と呼ばれる河岸《かし》を見やった。

このあたりには、板屋貝《いたやがい》や帆立貝《ほたてがい》の殻に竹の柄をつけた貝杓子を扱う問屋が多いのだそうだ。貝杓子は、正月に湯屋《ゆや》でお年玉として客にふるまわれる縁起物だ。

なんていうことも、以前の宗太郎なら知らなかった。裏店暮らしを始めて、湯屋通いをするようになったことで覚えた。

「昨秋、この貝杓子店に面した小料理屋で……」

剣術道場の仲間たちと、仲秋の名月を愛《め》でながら一杯ひっかけたのがいけなかった。

甘党の宗太郎は、酒がほとんど飲めない。飲むと不覚を取る。

しかし、武士が下戸《げこ》とはみっともない。浅はかな見栄を張って、宗太郎は仲間に勧められるがままに杯を重ねてしまった。

小料理屋を出るころには、当然ながら、千鳥足となっていた。吐き気はするし、頭は割れそうであるし、何より天と地が風車のようにぐるんぐるんに回っていた。

これはいけない。やせ我慢して歩き続けようものなら、うっかり日本橋川に落ちかねない。明日の朝には、土左衛門《どざえもん》になっていそうだ。

そう思った宗太郎は頭を冷やすために、思案橋のたもとにほとんど倒れこむようにして尻餅をついた。

と同時に、フギャ、という短い悲鳴が尻の下からあがったのだが、もう目を開けることもできなかった。

不思議と、地面は暖かかった。やけにふかふかとしていて、まるで天鵞絨《びろうど》の敷物を踏んでいるような気持ちよさがあった。

「あやつを気持ちがいいと思ってしまうとは、酒とはまことにゆゆしきものである」

宗太郎は苦々しげに長くひんなりしたしっぽを振って、あの晩、おのれが分別なく座りこんでしまった橋のたもとを見た。

そして、金色の目をひんむいた。

天鵞絨の毛皮を着こんだ、あやつがいたのだ。ニヤニヤと笑って、いつものように香《こう》箱《ばこ》を作っていた。

「黒猫、いつからそこに」

今日の黒猫は、しっぽが二股に裂けている。猫股《ねこまた》の本性を現しているので、人語を解し、人語をしゃべることができるはずだ。

「若造」

と、おもむろに黒猫がひげを揺らめかせて口を開いた。

「わしをまた踏んづけるか」

「踏みつけんとも、もう二度とな」

「あのときは、でかい図体のお前さんに尻餅をつかれて、五臓六腑《ごぞうろっぷ》が千里を走るかと思ったわい」

「あんなところで、夜更けに闇色をした黒猫がつくばっていても誰も気づくまい」

ついむきになって言い返してしまってから、宗太郎は慌ててあたりを見回した。

夕暮れどきを迎え、往来には人出が多かった。白猫が黒猫に縄張り争いの喧嘩《けんか》でも売っていると思われては厄介だ。

「黒猫、久しぶりにゆっくり話がしたい」

「構わんよ」

ついて来い、と言わんばかりに、黒猫がしっぽを天に向かって立てて歩き出した。そのしっぽは、もう裂けてはいなかった。ただの猫のフリをしているのだ。

野良猫に先導されて歩くというのも不本意なので、宗太郎は一定の間合いを取り、他人になりきって後ろをついていった。

黒猫が向かったのは、小網町三丁目の行徳河岸《ぎょうとくがし》近くにある稲荷堀《とうかんぼり》だった。このあたりは大名家の中屋敷や下屋敷が続く武家地になっているため、日本橋北界隈とは思えないほど、日中でもとんと人が通らない。

ニヤニヤ笑う怪しい黒猫と奇妙奇天烈な白猫が密談をするには、ちょうどいい場所だろう。

「で、話とはなんぞ？」

武家屋敷のなまこ壁に囲まれた雁木《がんぎ》に下りるなり、本性を現した黒猫がすくりと二本脚で立ち上がり、器用に煙管《キセル》を吹かして言った。

人語をしゃべる。二本脚で立ち上がり、歩く。しっぽが二股に裂けている。

これこそが黒猫の正体、妖怪の猫股だ。言い伝えでは、年老いた猫が猫股に化けると言われている。

「どこから取り出した、その煙管」

「詰めてあるのは、木天蓼《またたび》ぞ」

「いい身分であるな」

「お前さんもやるかえ？」

「結構」

それがしは猫ではないゆえ、木天蓼なんぞに心惑わされてなるものか。とは思うものの、黒猫が吐き出す紫煙に心ならずも酩酊《めいてい》しそうだったので、宗太郎はしっぽりと濡れた鼻を舌先でペロリと舐めた。

「黒猫、あのときはすまなかった。生酔いしていたとはいえ、そこもとを踏みつけてしまったことは潔くあやまろう」

二匹は、いや、黒猫と白猫は、いやいや、黒猫と猫の手屋は因縁の間柄だった。

昨秋の月見の宴で酒を過ごした宗太郎は、思案橋のたもとにつくばっていた黒猫を、あろうことか尻で踏みつけてしまったのだ。

最初は、野良猫に粗相をしてしまったのだと思った。宗太郎は猫が苦手だが、かといって、おのれよりも小さき生き物をさいなむような卑怯《ひきょう》なことはしない。怪我《けが》をさせてしまったのではないかと、素直に心配した。

ところが、その猫が人語をしゃべりだしたので腰を抜かした。

それとも、生酔いゆえの幻聴か。きっと、そうに違いない。そうであってくれ、と耳を塞いだことを昨日のことのように思い出すことができる。

「あやまって済むなら、奉行所はいらんよ」

黒猫が金色の目を細めて、ニヤニヤと笑う。

あの晩も、同じ顔をして、同じ台詞《せりふ》をのたまった。

「あのときは、お前さんに踏んづけられたせいで、せっかくの酔いが一気に醒《さ》めてしまったわい」

「それがしも酔いが一気に醒め……、なぬ？　あのとき、黒猫も酔っていたのか？」

「小網町を縄張りにする猫たちから、月見の宴に誘われてな。つい酒と木天蓼を飲み過ぎてしもうた」

「初耳であるぞ。では、ひょっとして、思案橋のたもとにつくばっていたのも？」

「気分が悪うて、一歩たりとも動けんかった」

ともに、前後不覚の酔っぱらいであったということか！

「なぜ、それを早く言わん！」

「わしが酔っていようが、いまいが、お前さんが罰当たりな真似《まね》をしたことには変わらんであろう」

「むむっ」

「裸虫《はだかむし》ごときが、猫を舐めるでないぞ。わしらに仇《あだ》なす者は、七代先まで祟《たた》るぞよ」

言葉に詰まった宗太郎の鼻先目がけて、黒猫が紫煙をたなびかせた。

先ほどまでは二本脚で立ち上がったところで、せいぜい宗太郎の太腿ほどの背丈しかなかったはずだが、どういうわけか、今の黒猫は目線が合うまでに身体が大きくなっていた。

これも、猫股の妖力によるものなのであろうか……。

「祟りなど怖くはないが、それがしは道義をわきまえたい。それゆえ、あの日から、こうして奇妙奇天烈な白猫姿に身をやつしている」

「重畳《ちょうじょう》なり」

「黒猫。ひとつ、訊かせてもらおう」

「答えてやろう」

「それがしは今、いかほどの善行を積めているのであろうか？」

相手が妖怪とはいえ、黒猫を踏みつけてしまったことは事実である。むしろ、妖怪でよかった。これがただの猫だったら、宗太郎の重さに押し潰されていたかもしれない。

黒猫は宗太郎に踏みつけられたというのに、大きく伸びをすると、すぐにニヤニヤと笑ったのだ。

そして、宗太郎が反省の弁を述べると、

『あやまって済むなら、奉行所はいらんよ』

そう言われた。

さもありなん、と宗太郎は思った。それがしは口下手《くちべた》であるし、言葉よりも態度で示すほうが伝わろう。

『では、この身で罪を償おう。それがしにできることならば、なんでもしよう』

そう言った。

つまらないところで、宗太郎は義理堅い。

『殊勝なり。ならば、そこもとには、わしらのことを存分に知ってもらおうぞ』

『いいだろう』

そう言ってしまった。

いくぶんか酒が残っていたために気が大きくなっていたのは否めないが、武士に二言はない。

その結果、猫股の妖力で、ただの人から奇妙奇天烈な白猫姿にされてしまったというのが、宗太郎の抱える大人の事情だった。

あのとき、黒猫が何度かめばたきするのを見ていたら、ふっと身体が軽くなった。

次の瞬間には、どういう絡繰《からく》りなのか、この姿になっていた。

「どうしたら、元の姿に戻れるかと訊いたところ、そこもとはそれがしに百の善行を積めよと言った」

「世のため、人のため」

「ひいては、おのれのためになると」

「酔狂であろう」

黒猫が吐き出す紫煙のせいなのか、にわかに日が暮れて夕景色になったせいなのか、図体をでかくした猫股の輪郭は墨絵のようにぼんやりとにじんで見えた。

「言っておくが、それがしが白猫姿に甘んじているのは、そこもとの伊達《だて》や酔狂に付き合っているわけではない。もののふのけじめを付けているのである」

「物《もの》の怪《け》のけじめとは、いとあっぱれ」

「もののふである」

「そう半畳《はんじょう》を打つでない、お前さんは若いのう」

妖怪が老獪《ろうかい》なだけであろう。

「そんなことでは人には化けられんぞ」

人に化けるのではない、人に戻るのだ。

「そこもとは、それがしを日々見張っているのであろう？　これまでに、猫の手屋として、それがしはいかほどの善行を積めているのか教えてほしい」

「七つ」

「なぬ？」

「猫は七より大きい数がわからん」

「ほほう。それゆえ、猫は七代先までしか祟ることができないのか」

いやいや、質《ただ》すべきところはそこではない。

「待て。そこもとらは七より大きい数がわからないのであれば、百の善行など到底数えきれるものではないのではないか?」

「そういうことになる」

「そういうことになっては困る! けじめはどうなるのだ!」

宗太郎が一歩詰め寄ると、黒猫は鰻《うなぎ》のようにぬるりと身をかわした。猫のこういうくねくねした動きが、宗太郎は好きになれない。

「案ずることはない。ときが満ちれば、猫のお白州《しらす》を開いてやるとも」

「猫のお白州?」

「猫町奉行に、若造の善行を吟味してもらうのよ」

「猫町奉行?」

どちらも初耳である、と宗太郎は汗ばむ首をひねった。

江戸には、北町奉行と南町奉行のふたりがいる。一時期、わずか数年のみ中町奉行というのもいたが、もうずいぶんとむかしの話だ。

「その猫町奉行というのは、人か?」

「猫ぞ」

そうであろうな。

「猫町奉行所は、どこにある?」

北町奉行所は呉服橋御門内、南町奉行所は数寄屋橋《すきやばし》御門内にある。

「奉行所はない。わしが猫町奉行を呼び出したところが、お白州となる」

「では、今すぐ呼び出してもらいたい」

お白州に引っ立てられるのは屈辱ではあるが、猫にもお奉行がいるのであれば、いっそもうはっきりと白黒つけてもらおうと思った。

宗太郎には、これまでの毎日で、少なからず善行を積んでいる自信があった。

「まだ潮合いではなかろうが、いいのかえ？　若造は世のため、人のため、ひいてはわしら猫のために善行を積んでおったかえ？」

「待て、待て。ひいてはおのれのためであろう？」

「そうよ、若造は今は猫であろう」

「なんと、そういう意味であったのか」

おのれの信じるがままにお節介を焼くことが、おのれのためになるのだと思っていたが、猫のための善行であったとは。

猫の手屋は、町の人々のためのよろず請け負い稼業だ。猫のための稼業となると、どういったことをすればいいのか、猫の蚤《のみ》取り屋か？

しかし、あれが『猫の蚤取りましょう、エェ、猫の蚤取りましょう』とのどかな声をあげて三光新道に現れると、長谷川町の猫たちはみな一斉に姿を消す。

たまに逃げ遅れた一匹二匹が長屋の誰かに捕まって、猫の蚤取り屋に湯をかけられてザブザブと洗われているのを見かけるが、そういうときのあやつらは獄卒に責めたてられているような声で鳴いている。

ただ、そうか、仕上げに狼《おおかみ》の毛皮にくるまれたあたりから、ゴロゴロと喉を鳴らす猫もいる。身体が温まり、気持ちよくなってくるのであろう。

なんでも、そうすることで狼の毛皮に蚤がうつるらしいのだ。

「それがしは、始める商いを間違えたか？」

「猫の手屋、よきことかな」

「そう思うか？」

「存分に猫の手を貸すがよい。猫が、いかに役立つかを知らしめようぞ」

「む、むう。そういうことであれば精進しよう」

なんとなく、黒猫にいいように言いくるめられている気がしないでもなかったが、とにかく、石部金吉な宗太郎はもののふのけじめを付けるべく躍起になっていた。

よきことかな、と言われれば、それを信じて当面は精進するほかにない。

暮れなずむ空には、椋鳥《むくどり》が飛んでいた。やかましかった蜩の声も、いつしか切れ切れになっている。

たそがれどきは、不用意に人を物悲しくさせるものだ。

日中、久方ぶりに喜八と両親の話をし、許嫁のお琴からのおきゃんな文を読み、しまいには白猫姿に身をやつしている大人の事情をすべて打ち明けたせいか、この日の宗太郎はいつになく里心がついていた。

親父橋では、遠ざかっていく爺の小さな背中を見つめながら、このまま一緒に愛宕下の上屋敷へ帰りたいという衝動にかられた。

そんな矢先に黒猫と出くわしたものだから、つい善行の成果のほどを知りたくなって、焦ってしまった。

早く、ただの人に戻りたい。

そのためには、善行を積むしかない。

そう思って百という数をよすがにしていただけに、猫のお白州うんぬんの話には、ただただ途方に暮れるばかりだった。

「若造、そうしょぼくれるな。しっぽを立てよ、喉を鳴らせよ」

「そんな気分にはなれんな」

宗太郎があずき色の肉球のある毛深い両手を見つめていると、潮風が稲荷堀近くの行徳河岸から船頭のがなり声をさらってきた。

間もなく日没を迎えるにあたって、河岸からは下総《しもうさ》の国の行徳へ向かう最終の渡し舟が出るようだった。

「日が暮れる。そろそろ、帰るか」

宗太郎は三つ鱗の形をした耳を伏せ、長くひんなりしたしっぽをだらりと下げて、力なく歩き出した。

「いずこへ？」

「三日月長屋へ。それがしの帰るところは、そこしかない」

「今日は気分がよい。若造の願いを、ひとつだけ叶《かな》えてやってもよいぞえ」

「それがしの……願い？」

宗太郎は立ち止まり、煙管をくるくると指で回している黒猫を振り返った。

ただの人に戻してくれ。

そんな言葉が喉もとまで出かかったが、それではもののふのけじめを付けたことにならない。願いとは、誰かに叶えてもらうものではない。

みずから叶えなければ、意味がない。

「結構」

断って、宗太郎は再びとぼとぼと猫背になって歩き出した。

「聞こえたぞえ、心の声」

「勝手に聞くな」

「戻してやろうではないか」

このときまでは背後から黒猫の声が聞こえていたはずなのに、一拍のちには、眼前に壁のようにして立ちはだかっていた。

「黒猫、そこをどけ」

「若造、わしの目を見よ」

二本脚で立ち上がる黒猫は、宗太郎とまったく変わらない背丈だった。脇をすり抜けようにも、宗太郎は鰻のようにぬるりと身をかわす術《すべ》を知らない。

黒猫が、ゆっくりとめばたきをする。

それを見ていたら、ふっと身体が軽くなり、

「なんと！」

次の瞬間には宗太郎はただの人に……ではなく、ただの白猫になっていた。

これまでも白猫姿ではあったが、人と変わらぬ身の丈があった。それがたちまち一尺そこそこまで縮み、地べたに腹を向ける四つん這いになっていたのだ。

脱ぎ捨てた覚えも、脱がされた覚えもないのに、着衣はおろか、左腰に差した大小も足の裏の草履も一切合財が消えていた。何も身に着けていない。

言ってみれば、素っ裸である。

湯屋でも手拭いの一枚は手にしていることを思えば、こうまで一糸まとわぬ姿というのはこの世に生まれ落ちたとき以来になる。

「なぜ、こうなる⁉」

「戻してやったぞえ」

「戻っていない、遠のいている！」

黒猫が、うんと大きく見えた。ただの白猫となった今では、首が疲れるほど見上げないと、あやつの金色の目をにらみ返してやることもできない。

「猫の手屋、よきことかな」

満足げに言って、黒猫は宵闇の彼方《かなた》へとどろんと姿を消してしまった。

ひとり取り残された宗太郎は足腰の力が抜けてしまい、座りこんで天を仰いだ。

一番星が見えていたが、夜空がひどく遠い。

「猫とは、なんと小さきものであるのか」

そんなつぶやきを、行徳河岸の船頭のがなり声がかき消したのだった。

三

猫の目線は、思いがけず低い。

地面を歩いているだけだと、人のくるぶしや脛《すね》しか見えない。それなので、ときどき、猫は塀や屋根といった高い場所に上って、おのれがどこにいるのかを確認しなければならなかった。

「厄介なこと」

黒猫の気紛れによって、宗太郎は今、一尺そこそこのただの白猫にされてしまってい
た。ただの人に戻りたいと願ったはずが、真逆に話が進んでいる。

慣れない四肢をぎくしゃくと動かして、なんとか稲荷堀《とうかんぼり》から貝杓子店《かいじゃくしだな》までやってく
ることができたものの、

「むう、長谷川町が遠い」

日はとうに暮れていた。

しかし、猫は夜目が利くので夜歩きに問題はない。

とはいっても、昼と夜とでは景色がだいぶ違って見えるので、このあたりで一旦高い
場所をさがして、界隈の細見《さいけん》を頭に叩きこんでおいたほうがよさそうだと判断する。

「木登りならしたことがあるが、塀や屋根には上ったことがないぞ」

宗太郎が高い場所を求めて路地をうろついていると、目の前に汗臭い脛毛《すねげ》が見えた。

顔を上げると、尻っ端折り《しりっぱしょり》で鬼ひげの武家奴《ぶけやっこ》が仁王立ちになっていて、

「なんでぇ、小汚ねぇ野良猫め！　泥くせぇ身体で俺さまに近づくんじゃねぇ！」

言ったが早いか、武家奴が宗太郎を毬《まり》のように蹴り上げた。

「無礼者、何をするか！」

小汚いのは、そこもとの脛であろう！

宙を舞いながらも体勢を整えて華麗に着地した宗太郎は、憤然として怒鳴りつけてやった。つもりだったのだが、どうやら、武家奴の耳には、

「シャーッ！」

と、猫が威嚇《いかく》しているようにしか聞こえていないらしい。

「今度またその泥臭ぇ身体で俺さまに近づいてみな、金子《きんす》に替えてやらぁ。その皮引っぺがして、三味線屋に売り飛ばしてやらぁ」

下卑《げび》た顔で下衆《げす》なことを言い放ち、武家奴は肩をそびやかして去っていった。

三味線の胴には猫の皮が使われるため、高値で売買されている。

「なんという悪態。なんという悪行。あんな男を下屋敷に住まわせている大名がいるとは情けない」

蹴られた腹がじんじんと痛んだ。蹴られどころが悪ければ、生き死ににかかわっていたかもしれない。

「ちょこざいな。武家奴め、この恨み晴らさでおくものか」

七代先まで祟ってやる。

と、宗太郎は全身を総毛立てたところで、ハテ、これではそれがしの言っていることはまるで猫そのものではないかと気づく。

そこからの道中も、見事に災難続きだった。

日本橋葺屋町《ふきやちょう》では、たまたま小料理屋の勝手口の前を横切っただけで干物を盗みに来たと疑われ、水をかけられた。濡れた毛皮が気持ち悪いので、隣の堺町《さかいちょう》で天水桶《てんすいおけ》の影に隠れて見よう見真似の毛づくろいをしていたら、酔っ払いに小便を引っかけられそうになった。

それでも、どうにかこうにか、この人形町《にんぎょうちょう》通りを越えれば長谷川町というところまでやって来て、まさかの敵と対峙《たいじ》することになる。

楕円《だえん》の月に照らされる人形町通りに、不気味にうごめくひとつの黒い影があった。

その影がすくりと長く伸び上がり、夜空に向かって力いっぱい吠《ほ》えた。

「犬の遠吠えか」

宗太郎は金色の目をこらした。

人形町通りを北上すること数十間、よりにもよって三日月長屋のある三光新道へ入る辻《つじ》あたりに野良犬が陣取っていたのだ。

人の姿のときにはわからないことだが、一尺そこそこの猫の姿で見ると、犬とはかくも大きなものか。本能的なもので、足がすくんだ。あの遠吠えに向かって歩いて行くのは、いささか勇気がいることだった。

しかも、よろしくないことに、先ほどの遠吠えであちこちの路地から野良犬たちが集まりだしてきた。

「おや。ひょっとして、あれは黒公」

参じた野良犬の中に、黒柴《くろしば》がいた。

長谷川町を住みかとする野良犬は、犬好き猫好きの住人たちから餌をもらっているので、そのほとんどが飼い犬のようにおとなしい。中でも、黒公はなん八屋つるかめの子どもたちにかわいがられているので三日月長屋にいることが多く、宗太郎にもよくなついていた。

「黒公、黒公」

呼びかけながら、宗太郎ははんぺんのように平らかに身を低くして、人形町通りを北へ進んだ。

「遠すぎるか」

しかし、あまり近づいても危ない。

「黒公、黒公」

すると、ようやっと黒柴の耳がぴくりと立った。

「そうだ、ここだ。黒公。それがしだ、宗太郎だ」

黒公はいつも舌を出しっぱなしのだらしのない顔をしているのだが、今夜は精悍《せいかん》な顔つきで周囲の闇をうかがっていた。犬は猫ほど夜目が利かないので、宗太郎の声は聞き取れても、姿までは見つけられないでいるのだろう。

「黒公、頼みがある」

「ウウウ……」

「そこにいる野良犬たちを引き連れて、しばし、散歩へでも行ってはくれないか」

「ウウウ……」

「黒公、静かに」

「ウウウ……」

これはいけない。宗太郎は黒公がうなっているのを、初めて聞いた。あきらかに警戒されていた。

「この作戦は失敗か、ひとまず退《ひ》こう」

やはり、見目が変わってしまっていては、いつものようにじゃれついてきてはくれないようだ。

宗太郎ははんぺんになったまま、すみやかに後ろに退《さ》がった。

すると、足が何かにぶつかって、夜の町に大きな物音が立った。振り返れば、表店《おもてだな》に立てかけてあった箒《ほうき》が倒れていた。

「なにゆえ、箒なんぞを外に出しっぱなしにしているか！」

箒に八つ当たりしたが、あとの祭り。

大きな物音に驚いた野良犬たちが一斉に吠えだし、また付近の表店や裏店からも人が騒ぎ出す気配がした。

「まずい、これはまずいぞ」

宗太郎がおろおろしている間にも、野良犬たちが群れをなして音の立った場所へ駆け出していた。その中には、やる気をみなぎらせる黒公もいた。

この窮地からいかにして逃げきったのか、宗太郎はよく覚えていない。

とにかく、走りに走った。

北も南も東も西もなく、走った。

その結果、宗太郎は迷子ならぬ、迷い猫になった。


「ここは、どこなのだ？」

ひょっとして江戸市中から出てしまったのではないかと思われるほど、宗太郎はやみくもに走った。野良犬たちは執念深い。身体が大きいので体力もある。

「それもまた、町ぐるみの番犬と思えば優秀ということか」

今夜、箒を倒したのはただの白猫だったが、これが盗人《ぬすっと》であったときにも、あやつらはどこまでも賊を追いたてるのだろう。

「しかし、さすがに疲れた」

尾羽打ち枯らした宗太郎の目に、稲荷の鳥居が飛びこんできた。すわ三光稲荷か、とよろこび勇んで境内に駆けこんでみたものの、糠《ぬか》よろこびに終わった。そこは、宗太郎には縁もゆかりもない稲荷だった。

江戸名物といえば『火事、喧嘩、伊勢《いせ》屋、稲荷に犬の糞《ふん》』と挙げられるように、市中のどこにでも稲荷がある。

「これは、どのあたりの稲荷であろうか……。どこでもよいか……」

宗太郎はもう歩くことをあきらめ、祠《ほこら》の前に鎮座する狐像《きつねぞう》の足もとにつくばうと、静かに目を閉じた。

猫にとって、町歩きは思っていた以上にずっと恐ろしいものだと知った。

あやつらめ、昼間はいつでもうつらうつらしているので気ままな稼業かと思われたが、そうではなかったようだ。夜分に目がらんらんと冴《さ》えるのは、夜が更けてからのほうが猫にとって剣呑《けんのん》に思われることが少ないからなのであろう。

「それがしも、長谷川町へはもう少し町が寝静まってから帰ろう」

今はとにかく、眠くてたまらない。

寝て起きたら、すべては長い夢でございい、というのを心かすかに期待して。

白猫は、深い眠りに落ちていった。

数刻ののち。

宗太郎が深い眠りから目覚めたのは、すぐ耳もとでなんやかんやと騒ぐ声やら、笛や太鼓の音やらが聞こえていたからだった。

「ぬっ！」

目を開けると、何匹もの猫が輪になって宗太郎をのぞきこんでいた。

「猫、何をしている！」

「ハハ、おもしれぇこと言うじゃねぇか。人に化けた夢でも見てたかい？」

宗太郎の顔の真上からのぞきこんでいた白猫が、べらんめぇ口調でしゃべった。

「しゃべる猫……。そこもとは、猫股か？」

「おいおい、ずいぶんと寝ぼけてんだな。オレもアンタも猫だろう、猫同士だから会話ができんだろう」

「猫ではない。それがしは、武士である」

言い返してみたものの、まったく説得力がない。

今夜の宗太郎は、左腰に大小を差していなかった。それどころか、へそがスースーしているので、素っ裸であることを思い出した。

慌てて起き上がり、前脚を立てる格好で座り直したところ、べらんめえ猫と目線の高さが同じだった。

「そうか……。それがしは、ただの白猫になってしまったのだったな……」

寝て起きたら、すべては長い夢でござい、という都合のいい話にはそうそうならないようだ。

普段なら、宗太郎は猫と会話ができない。できるとすれば、それは相手が人語を解する妖怪の猫股のときだけだ。

それが今は、猫同士であるがゆえに会話ができるという。

ということは、こうなる前の奇妙奇天烈な白猫姿、あんなものでも一応は人の括《くく》りにいたのかと知り、宗太郎は今さらながらに目頭が熱くなった。

「何をブツブツ言ってんだか。アンタ、寝言は寝てるときだけにしな」

「そうであるな」

楕円の月の位置を確認すると、目を閉じたときにくらべて、かなり西に傾いていた。刻《とき》のころなら、三更《さんこう》（午後十一時ごろ）を迎えたあたりだろうか。

「それと、えらくじっくり寝てたみてぇだが、腹を上に出して寝るのはよくねぇな」

「それもそうであるな、お琴どのにも腹を出して寝るなと言われたばかりであった。風《か》邪《ぜ》をひいてはいけない」

最初は狐像の足もとにつくばっていたつもりだったが、いつの間にか、いつものように仰向《あおむ》けになって大の字に寝ていた。

「ハハ。アンタ、とことんおもしれぇ新顔だな」

べらんめえ猫が笑うと、周りの猫たちもかんらかんらと笑った。

宗太郎が起き上がってみて気づいたことだが、白猫と思われたべらんめえは、背中からしっぽにかけて大きな黒い斑《ぶち》のある白黒斑猫《ぶちねこ》だった。

「見ねぇ顔だが、元は飼い猫かい？　首輪がねぇが、捨てられたか？　アンタ、これから野良で生きてくんなら、腹を晒《さら》しちゃいけねぇよ。腹は、オレらがいっち弱ぇところだからよ」

「ほう」

「外でうとうとしてぇときは、こうやって腹を地べたにくっつけて香箱を作りな。前脚は折って胸ん中にしまっとけよ、雑な裸虫どもに踏まれちまったらかなわねぇからな。そうそう、しっぽも身体に巻きつけとくのを忘れんなよ」

白黒斑猫が手本を見せてくれた。黒猫も、いつもこの体勢で宗太郎を見張っている。

「後ろ脚は、どうなっている？」

「後ろ脚は肉球が地べたにくっついてる。そうじゃねぇと、何かあったときにすぐに動けねぇだろう」

「ほうほう」

「まったく。これだから、元飼い猫は油断ったらしくていけねぇや」

またしても、周りの猫たちが笑った。

よく見ると、さほど広くもない稲荷の境内は猫で埋め尽くされていた。鳥居の下にも、左右二体の狐像の足もとにも、祠とそれを囲む赤い幟《のぼり》の周りにも、猫、猫、猫。

その数は七匹より多いのは確実だが、ただの白猫になっている今の宗太郎には、それ以上数えようとしてもピンと来なかった。

二本脚で立ち上がり、器用に両前脚を使っている猫が多い。

笛や太鼓でお囃子《はやし》を奏でている者。

手拭いを頭にのせて踊っている者。

しかし、いずれの猫もしっぽは二股に裂けていない。まだ、妖怪の猫股にはなっていないということのようだ。

「これは、猫の祭りか？」

「踊りたけりゃ、踊ればいい。飲みたけりゃ、飲めばいい」

「こんなに夜更けに騒いで、近所迷惑にならないのか？」

「なんだ、知らねぇのかい？　境内ってぇのは結界よ。この中で騒ぐ分にゃ、オレたちの話し声も音曲《おんぎょく》も外には漏れやしねぇよ」

それは知らなかった。三光稲荷の境内でも、宗太郎のあずかり知らないところで、こうした猫の祭りが秘めやかに催されているのだとしたら侮れない者どもだ。

「ここ杉森《すぎもり》稲荷じゃ毎晩やってるからよ、アンタもいつでも顔出しな」

「なぬ、ここは杉森稲荷なのか？　ということは、堀留町か？」

「いけねぇかい？」

「なんとも……」

日本橋堀留町は、長谷川町とは人形町通りを挟んだほんの斜向《はすむ》かい、目と鼻の先の位置にある。野良犬の群れから逃げるために、宗太郎はやみくもに江戸市中を走った気になっていたが、蓋を開けてみれば、人形町通りを柱に界隈をぐるぐる回っていただけだったようだ。

「……情けない」

まったく、何をしていたのか。今日という一日は、おのれの不甲斐《ふがい》なさが浮き彫りになるばかりで、とんでもない厄日である。

宗太郎が松葉に似たひげをすぼめていると、しれっと二本脚で歩きだした白黒斑猫が、にぎやかな境内のどこかで酒徳利と割れ茶碗《ぢゃわん》を手に入れて戻ってきた。

「アンタがここに流れ着くまでに何があったか知らねぇが、そうひげをしょぼつかせるもんじゃねぇよ。ひげの先から幸せがこぼれ落ちてっちまうぜ」

「そういうものなのか？」

「猫のひげはお飾りじゃねぇ、犬っころとは違うのよ。まぁ、飲みな」

「いや、それがしは下戸《げこ》でな」

すべては、酒から始まった。宗太郎にとって、酒とは諸悪の根源でしかない。

「それじゃあ、羊羹《ようかん》食うかい？」

「そんなものまであるのか」

「大伝馬町の大店《おおだな》で飼われてる猫がよ、気取ったもんばっか持ってくんだよ。酒の肴《さかな》にもなりゃしねぇ、誰も食いやしねぇ」

日本橋大伝馬町は、堀留町の北隣にある。

「そこもとは、この界隈の縄張りの親分なのか？」

「おう、折り紙って名よ。よろしくな、新顔」

「折り紙？」

「オレも元は飼い猫でな。小間物屋の旦那んとこにいたんだが、三界《さんがい》に一尺の身置きどころなしってんで、おっ母さんと兄弟ともども三光稲荷に捨てられちまったのよ」

「そうであったか。そこもと、苦労したのであるな」

野良猫の生《お》い立ちにしんみりするのも妙な話だが、おのれでも気づかないうちに、宗太郎は猫が怖くなくなっていた。

「それがしは宗太郎と申す。三光稲荷そばに暮らしている」

「三光稲荷がアンタのシマかい？　それなら、兄貴を知ってるかい？」

「兄貴？」

「鉢割れ猫の、千代紙ってんだ」

「鉢割れ猫！　顔も身体も、ついでに態度までがでかいあやつか！」

「見てくんな、ここ」

と、白黒斑猫が身をひるがえして尻を突き出す。

「オレの右の尻のここには、魚の形の黒い斑があんだろ？　兄貴にも同じ場所に同じ魚の形の黒い斑があんだよ、見たことあるかい？」

「いや、どうであったか……」

宗太郎は、鉢割れ猫のそんな細かいところまで見たことがない。

だいたい、千代紙とはきれいな名をもらったものだ。

三日月長屋の面々からは、鉢割れ猫は縁側と呼ばれている。板敷きの縁側ではなく、腹びれのほうの縁側である。あやつの香箱座りを上から見ると、平目《ひらめ》や鰈《かれい》のように丸く見えるためだ。

「そっか、宗太郎は三光稲荷の猫なんだな。兄貴はオレなんかよりずっと気が利くからよ、オレからもアンタのことよろしく頼んでおいてやるぜ」

「いやいや、結構。くれぐれも、結構」

あの鉢割れ猫は、それがしをあまり快く思っていない。いつも太鼓持ちの雉猫《きじねこ》の兄弟をけしかけて、ちょっかいを出してくる。

それとも、こうして会話さえできれば、意外にも頼りがいのあるところを見せてくれるのであろうか。いやいや、人が猫を頼りにしてどうする。

逡巡《しゅんじゅん》しつつ、宗太郎はしっぽりと濡れた鼻を舌先でペロリと舐めた。

と、そこへ、二本脚で立ち上がる錆《さ》び猫が唾を飛ばして飛びこんでくる。

「折り紙どん！　オレは今夜こそ、虎助の野郎が許せねぇ！」

「鼈甲《べっこう》、またか？　虎助が何かしでかしやがったか？」

「あの野郎、オレが持ってきた鯵《あじ》を食えねぇって抜かしやがるんでい！」

虎助？

その聞き覚えのある名に、宗太郎の耳がひょっくり立った。この稲荷には大伝馬町の大店の猫も出入りしていると、先ほど、折り紙が言っていなかったであろうか？

「いやですよう、鼈甲さん。あたしは、鼈甲さんの鯵が食べられないんじゃありませんよう。お骨のついている鯵だから、食べられないんですよう。ちゃんとお骨を取ってくれたら、さほどおいしくない雑魚《ざこ》でもいただきますって」

祠を囲む赤い幟の後ろから、鈴の付いた赤い縮緬《ちりめん》の首輪をしている三毛猫が、二本脚でてけてけと腰を振りながら現れた。ほかの猫たちとは、毛並みのつややかさが格段に違う一匹だった。

「虎助、そこもとであったか」

宗太郎の呼びかける声は、半分はため息に消えていた。

「ええ？　どちらさんでしたでしょう？　大伝馬町に、こんな鼠色のお猫さんがおりましたでしょうかねぇ？」

「鼠色ではない。少々汚れてしまっているだけで、泡雪である」

「ほほほ。泡雪というのは、猫太郎さまのようなお猫さんを言うんですよう。あぁ、猫太郎さまと申しますのは、あたしのご主人の三升屋平左衛門が信心いたします猫神さまのことです」

いや、それがしは猫神ではないのだが。

「ちなみに、あたしはご主人からは招き猫だと言われていますよう。三毛猫はほとんどが雌ですからね、あたしのような雄は大変珍しいんですよう」

「けっ、気取りやがって。大店の飼い猫だからってお高く止まってんじゃねぇやい」

「鼈甲さんは親の、そのまた親の代からの生粋の野良猫ですものね」

「大きなお世話だい！」

「あたしは親の、そのまた親の、さらにもうひとつ親の代からの生粋のお店者《たなもの》ですよう。

三升屋に福を招きますよう。ほほほ」

「鼠のしっぽもつかめねぇ腰抜けの虎助に、福の神のしっぽをつかめるかってんでい」

鼈甲と呼ばれる錆び猫に何を言われても、虎助はのらりくらり。

「ほほほ。福はつかむんじゃありませんよう、招くんですよう」

宗太郎は後ろ脚で耳の後ろをしきりに掻きながら、二匹のやりとりを聞いていた。全身がむずがゆくてたまらなかった。

平左衛門どのに、この浮世離れしている虎助のありさまを見せてやりたい！

いや、しかし、どんな虎助を見せても平左衛門は微笑《ほほえ》むのかもしれない。

『かわいいでしょう、うちの虎助』

そんな猫撫で声が聞こえた気がして、宗太郎はぶるりと震えた。店をあげての乳母日傘《おんばひがさ》で育てられた犬猫には、極力かかわらないほうがいい気がする。

「そもそも、三升屋さんの猫が何ゆえに夜歩きをしている？　平左衛門どのは、そこもとに外に出てはいけないと教えていなかったか？」

「猫には猫の事情がございまして」

「というと？」

「渡る世間は猫ばかり」

「意味がわからん」

あきれる宗太郎に優雅に会釈して、虎助はまたてけてけと腰を振りながら赤い幟の後ろへと消えていった。

「宗太郎、アンタ、虎助と知り合いなのかい？」

折り紙が割れ茶碗でちびちびと酒を舐めながら、訊いた。

「虎助が鼠を捕らないので、三升屋さんから鼠退治を頼まれている」

宗太郎は猫の手屋のことは持ち出さずに、ざっくりと答えた。

「虎助がここに来るのはよ、人になりてぇからよ」

「人に？」

「頭に手拭いをおっかぶせて踊ってりゃ、いつかは人になれるかもしれねぇからな。二本脚で踊ってるやつらは、みんなそれを夢見てる」

境内のいたるところで、猫が奏でるお囃子に合わせて、猫が踊っていた。中には、まだうまく二本脚で立てない猫も見受けられる。

「あいつら、人になって、てめぇをかわいがってくれてる主人に猫の恩返しをしてぇんだってよ」

「なるほど、そういうことか」

「アンタも踊ってみるかい？」

宗太郎は首を左右に振ると、立てていた前脚を折って香箱を作った。

「そこもとも、人になりたいか?」

「オレには恩返ししてぇ人もいねぇし、どっちかってぇと仲間の猫に恩返ししてやりてぇからな。猫股になってやらぁ」

「猫股に?」

「それが猫の本懐ってもんだぜ」

ニヤニヤ笑う黒猫の顔が思い浮かんで、宗太郎は目を閉じた。

あやつめ、今夜、こんな身体にしてくれたことをどうしてくれよう。

そう恨みがましく思う反面、怪我の功名ではないが、一尺そこそこのただの白猫にされたおかげで、猫をぐっと身近に感じられるようになったことには素直に礼を述べたい気もした。

仮にも猫の手屋を名乗る身でありながら、それがしはこれまで猫の何を見ていたのであろう。何を知っていたのであろう。

世のため、人のため。

ひいてはおのれのため、猫のため。

「折り紙よ」

「おう?」

「本懐ならば、遂げねばなるまいな」

武士の本懐とはなんであろうと考えこむうちに、いつしかまた、宗太郎は寝息を立ててしまったのだった。

四

その夜、宗太郎が西から東へ人形町通りを越えたのは、丑三《うしみ》つ刻《どき》に差しかかるころだったのではないかと思われる。

楕円の月は、ますます西の空に傾いていた。

あたりには、幸いなことに、もう野良犬の気配はなかった。

杉森稲荷での猫の祭りは、はからずも楽しいひとときとなった。集まっていた猫たちは朝まで飲んで踊るという話だったが、宗太郎はしきりにまぶたが落ちてくるようになってきたので、お開きを待たずして先に帰ることにした。

「折り紙は、なかなかの男であったな」

ひっそりと寝静まった人形町通りを横切りながら、宗太郎は独りごちる。

堀留町の縄張りの親分だという、白黒斑猫の折り紙。猫にしておくのがもったいないような、気風《きっぷ》のいい男だった。

「おのれが下戸であることが、こんなにも悔やまれた夜はない」

折り紙のような男と、縄暖簾《なわのれん》の小上がりで旬の泥鰌《どじよう》鍋を突つきつつ、酒を酌み交わしてみたいものだ。あの胸のすくようなべらんめえ口調がいい。

惜しむらくは、折り紙が猫であるということだ。

男というより、雄なのである。

「千代紙とも、いずれ腹を割って話をしてみたいものだ」

宗太郎は、俄然《がぜん》、長谷川町の猫たちに興味を持った。

しかし、会話をするには、宗太郎が猫でいないといけない。

「今なら、まだ話ができるか」

宗太郎は、引き続き、一尺そこその白猫のままだった。

「今なら……が、いつまで続くのか」

このまま、ただの人に戻れなかったら……という不安が胸のうちでどんどん大きくなってくる。

奇妙奇天烈な白猫姿でいいから、元に戻りたかった。今の姿では、猫の手屋として町の人々に〝猫の手〟を貸すこともできない。

猫の祭りに遭遇して気分が高揚していたのも束《つか》の間《ま》、宗太郎は心がしぼんでいくのがわかった。

するとこのとき。

「ちょいとお待ちなさいって、お染《そめ》さん。今、迎えを呼びますから」

と、何やら騒がしい声がすぐ近くで聞こえてきた。

ちょうど、宗太郎は田所町《たどころちょう》側から長谷川町の町木戸をくぐるところだった。

ここは、番太郎の吉蔵《よしぞう》がいる木戸番小屋だ。

くぐると言っても、今夜の宗太郎はただの白猫なので、寝ている吉蔵を叩き起こすまでもない。江戸の町木戸には、犬猫がいつでも出入りできるような犬くぐりが備えつけられてあるからだ。

宗太郎は犬くぐりを通って長谷川町に入ると、丑三つ刻らしからぬ明かりを灯《とも》す木戸番小屋をのぞいた。

土間に、ふたつの人影があった。ふらふらとどこかへ向かって歩いて行こうとする白髪の老女の肩を、寿老人《じゆろうじん》のような吉蔵が必死に押し留めていた。

「お染さん、いけませんって。若旦那が心配しますって」

「吉蔵、町木戸を開けておくれよ」

「こんな時分に、どこへ行こうってんです?」

「お花をさがしに行かないといけないんだよ」

「お花は、もういねぇでしょう。あいつら母子が三光稲荷をうろちょろしてたのは、いつの話ですかい」

「いるんだよ、帰ってきたんだよ。あたし、見たんだから」

「夢を見たんですかい？」

「きれいな真っ白い猫を見たんだよ」

そう言うと、老婆《ろうば》は幼子《おさなご》のような笑顔になって、胸に猫を抱く仕草をした。

その目は遠くを見ているようでもあり、何も見ていないようでもあった。

「三光稲荷の新入りですかい？　最近は、猫先生が夜回りしてくれてますから、捨て猫は減ってきてるんですけどねぇ。仔猫ですかい？」

「お花は子どもを産んでるんだ、仔猫じゃないよ」

「いずれにしたって、三光稲荷にいるってェなら、町木戸を出たって見つかりませんよ。三光稲荷は、こっち、長谷川町側ですからね」

吉蔵と老婆は、押し問答を繰り返していた。

何があったのか、お染さん、と呼ばれる白髪の老婆は寝間着姿だった。宗太郎には見覚えのない顔だったが、話の流れからして長谷川町の住人のようだ。

宗太郎が土間口につくばってなおも様子をうかがっていると、すぐに三十代半ばくらいの若旦那が息急《せ》き切ってやってきた。

「おっ母さん、またここですか！」

「清一郎《せいいちろう》」

「夜更けにふらふらしてないでくださいって、何度言えばわかるんですか！　それともなんですか、これもまたお信《のぶ》への嫌がらせですか！」

「お信？　……誰のことだい？」

「そうやって、お信をいないものみたいに言って！　おっ母さんはわたしたちが幸せになるのが、そんなにいとわしいんですか！」

　若旦那は母の身を案じることなく、やって来るなり、矢継ぎ早に心ない言葉を投げつけていた。顔も身なりもこざっぱりした優男《やさおとこ》だが、甲高い声で早口に怒る様子は、駄々っ子がそのまま大きくなったようでもあった。

「まぁまぁ、若旦那、そう頭ごなしに言っちゃ、伝わるもんも伝わりませんよ。あっしらみたいに年を取りますとね、ときどき、今とむかしがごっちゃになって薄ぼんやりしちまうことがあるんですよ」

　吉蔵が母子の間に立ち、ひょうひょうと言った。

「吉蔵、おっ母さんを甘やかさないでおくれよ」

「甘やかしちゃいませんよ、本当のことを言っただけで」

「ときどきなんてもんじゃないだろう、ここんとこ毎晩さ。吉蔵だって迷惑のはずだよ、夜中に町木戸を叩かれて」

「これもあっしの仕事ですから」

そして、吉蔵は今度はお染に向き直る。

「ただね、お染さん、若旦那を困らせちゃいけませんよ。こんなことじゃ、大旦那も草葉の陰でおちおち碁も打てませんって」

「うちの人から……、もらったのよ。お花は、うちの人がくれたの」

「そうでしたっけねぇ。むかしのことで、あっしは覚えちゃいませんけどねぇ」

吉蔵は、節張った手で盆のくぼを叩いていた。

あれは町内の生き字引と言われる吉蔵が、長い頭にしまいこんでいるむかし話を思い出しているときの仕草だ。

「さぁ、帰るよ、おっ母さん。お信も心配してるから」

「まだお花が見つかっていないよ」

「お花なんか、いるわけないだろう」

「いたんだよ。子どもたちを連れてね、帰ってきてくれたんだよ」

うわ言のように繰り返しながら、お染が息子と吉蔵の間をすり抜けて土間から表通りに飛び出した。

とっさに、宗太郎はお染のあとを追った。〝猫の手〟を貸そうとした。

が、忘れていた。今のそれがしは一尺そこそこの白猫、〝猫の手〟を貸しようがないということを。

「お花……？　お花、やっぱり帰ってきてくれたんだね」

逃げる間もなく、宗太郎はお染の枯れ枝のような手に抱き上げられていた。

「違います、それがしは猫の手屋宗太郎です」

「あぁ、よかった。ごめんよ、毛皮がこんなに汚れるまでほったらかしにして」

「お気づかいなく、今日はたまたま毛皮が汚れているだけで」

「お花、子どもたちはどうしたんだい？　お前が腹を痛めて産んだ子どもたちだよ、一緒じゃないのかい？」

「それがしは雄ですぞ」

と、宗太郎は会話をしているつもりだったが、耳に届くおのれの声が『ニャーニャー』であることに気づいて愕然《がくぜん》とした。

武家奴を怒鳴りつけたときもそうだったが、人との会話ができなくなっていた。何を言われているのかは理解できても、言葉を発することができないのだ。

「若造は、今は人ではないゆえな」

と、どこかでニヤニヤしながら一部始終を見ているであろう黒猫に、念押しされた気がした。

「うへぇ、たまげた、本当にお花なのかい？」

「吉蔵さん、それがしですよ。宗太郎ですよ」

「あっ、こいつめ、雄ですな。立派なふぐりがついてます」

「あっ、い、いかんですぞ！　か、開帳はいたしませんぞ！」

「ねぇ、若旦那。見てくださいよ」

「見ないでよろしい！」

吉蔵と若旦那が身を乗り出してのぞきこんでくるので、素っ裸の宗太郎は鰻のようにくねくねと身をよじってお染の手から逃げようとした。

しかし、お染のほうが長生きしている分、先手を打つのが早かった。肩によじのぼってから背中に逃げて走り去ろうとした宗太郎の首根っこを、老婆とは思えない力で押さえ付けてきたのだ。

「く、苦しいっ」

そうして身動き取れなくなったところを寝間着の袂《たもと》でからめ取られ、胸にきつく抱き締められてしまう。

母の腕は、たくましい。

そして、やさしい。

「お花や、おかえり」

「無念なり……」

おそらく、周囲には『ニャー……』としか聞こえていないのであろうが。

宗太郎はひと声うなってから、抵抗するのをあきらめた。

お染は、長谷川町の北東の辻にある小間物屋東屋《あずまや》の先代のお内儀である。

東屋は今でこそ大門《おおもん》通りに面して水引暖簾をかける表店《おもてだな》だが、元は荷担ぎ売りの背負い小間物屋だったそうだ。それを先代の嘉兵衛《かへえ》が一代で大きくした。

その嘉兵衛が年の初めにぽっくりと逝き、倅《せがれ》の清一郎が跡を継ぐようになった。

代替わりしても、いまだに近所の者たちから若旦那と呼ばれている清一郎は、商いへの腰の入れようが今ひとつ中途半端で頼りない。

正直なところ、主人を名乗れる器ではない、と陰口を叩く者も少なくなかった。

『このお店も、もう長くはないかもね』

東屋の使用人たちが噂する声が、宗太郎の耳にはいやでも聞こえてきていた。

使用人は店の鏡だ。正直な商いをしている店は、店者《たなもの》たちも正直者が集まる。逆に、ケチが付くような使用人がいる店は、店自体にすでにケチが付いていることが多い。

この夜、お染に抱かれて強引に東屋へ連れてこられた宗太郎は、そのケチがなんなのかを敏感に感じ取り、息苦しさに口が開きっ放しだった。

というのは、店の空気がすこぶるよくない。風がまったく吹いていないのだ。

それは障子や襖《ふすま》を開け放す云々のことではなく、運気のようなものの流れがひどく滞っていた。まるで、店全体を黒い布帛《ふきん》で茶巾絞りにしてしまったみたいである。普段の宗太郎なら、風だ、運気だなんていうことにはまったく頓着《とんじやく》しない。その手の物事には疎いぐらいだ。

それが白猫になっている今は、松葉に似たひげで、泡雪の毛皮で、あずき色の肉球で、目には見えない何かをびんびんに感じ取ることができた。

「喪に服しているせいであろうか」

店も奥座敷も、線香のにおいが強い。それが外に流れ出ていかないので、においが畳の上に雪のように降り積もっていた。

「それに、あのお信というご新造……」

清一郎の妻である、お信。使用人の男衆からは美人というだけでちやほやされているようだが、女衆からは金使いと気性の荒さをそしられていた。

何より、宗太郎は見た。聞いた。

お信は夫の前では健気な嫁を演じていたが、ひとたび姑《しゆうとめ》とふたりきりになれば、鬼の形相で罵り倒していた。

『おっ義母《か》さん、あたしが猫を嫌いなことを知っていて、そういう嫌がらせをするんですか。どこまで鬼婆なんですか』

お信のほうがよっぽど鬼婆だと、宗太郎は思った。

もっとも、ふたりはお信が嫁入りした直後から折り合いが悪かったそうだ。

お染には癇《かん》の強いところがあったようで、嫁のやることなすことに難癖をつけては、それを世間に吹聴《ふいちょう》したりもしていた。

お信はお信で、そうした仕打ちにいちいち言い返す負けず嫌いな節があり、姑と嫁の間ではつかみ合いの喧嘩が絶えなかったそうだ。

ところが、先代が亡くなってからというもの、お染は雨上がりの紫陽花《あじさい》のように日に日に色褪《いろあ》せていった。

髪も目も白くなり、覇気もない。日がな、薄ぼんやりと庭をながめるだけ。

それが老いによるものだということは誰の目にも明らかだったが、医者に診《み》せても首を振られるばかり。

そして、近ごろでは夜更けに徘徊《はいかい》するようになった。

『お花をさがしに行かないと』

花というのは、むかし、東屋が飼っていた猫の名前であるらしい。

お染は、別段、猫好きだったわけでもないそうだ。

『むしろ、おっ母さんはお花を嫌ってたはずなのに、急にこんなことになって気味が悪いよ』

消え入りそうな声で、清一郎は吉蔵にそう言っていた。


「ちょいと、お前さん」

「なんだい、お信」

「おっ義母さんのことなんだけどね、やっぱり猫の祟りなんじゃ……」

「やめてくれよ、その話は……」

「だけど、猫は七代先まで祟るらしいし……」

「冗談じゃない。おっ母さんのせいで、オレたちまで……」


あれこれ考え疲れた宗太郎がお染の部屋の隅っこでうとうとしていると、清一郎夫婦の会話が漏れ聞こえてきた。

夫妻の部屋はお染のところからは何部屋も離れているが、猫は何せ耳がいい。

「猫の祟りとは、どういうことであろう?」

宗太郎はしばし耳を澄ませていたが、もっと詳しい話の内容が知りたくて、香箱を作っていた身体を起こした。

お染の枕もとまで近寄り、規則正しい寝息を立てていることを確認してから、忍び足でそろりそろりと夫妻の部屋を目指した。

「我ながら、ここまで来るとお節介の範疇《はんちゅう》を越えている気がするぞ」

そうは思うのだが、これも乗りかかった船である。

宗太郎は今、猫の手屋に舞いこんだ依頼でもなければ、いつも世話になっている三日月長屋の面々が抱える問題でもないことに首を突っこもうとしている。

以前の宗太郎なら、まずしないことだろう。

だが、こうして、ここにおのれがいることには何か意味があるのではないか。

黒猫は、常に先を見通して試練をくれているのではないかと、宗太郎はこのひと晩でそんな風に考えるようになっていた。

そうでも思わないと、野分《のわき》に呑みこまれたような昨夜からの激動の一日を乗りきることができないというのもある。

宗太郎が足音を立てずに縁側を歩いていると、雀《すずめ》の鳴き声が聞こえた。雨戸が開いている個所があり、うっすらと朝日を拝むことができた。

「あぁ、夜が明けるか」

ただの白猫として迎える、初めての朝。

衆生《しゅじょう》が泣いていようと笑っていようと、お天道さまというのは朝になれば必ず、生きとし生けるすべてのものの上にやさしい日差しを降り注ぐ。

気持ちはどんよりとして清々しくはなかったが、朝日が毛皮を温めてゆく感覚は心地よかった。

「今日も一日、精進あるのみ」

と、宗太郎が縁側の上で大きく伸びをしたとき、身体に異変が起きた。

「ぬ？」

一寸そこそこだった白猫の身体が、にわかに紙風船のようにふくらみだしたのだ。

「なんだ、今度は何が起こる⁉」

叫んだ声は、もう『ニャーニャー』ではなかった。

「なんと！」

地べたに腹を向ける四つん這いの姿勢が、若竹のように天に向かってすくすくと伸びていく。空がぐんと近くなる。

そう、宗太郎は朝日の下、奇妙奇天烈な白猫姿に戻っていた。

「ここでか⁉」

宗太郎はまっ先に、おのれの着衣を確認した。

こんなところを奉公人に見咎《みとが》められ、見知らぬ雄が素っ裸で縁側に立っていると自身《じしん》番《ばん》に駆けこまれでもしたら、間違いなく宗太郎はお縄になる。

「よかった……、着ている……」

昨夜、白猫にされる直前まで身に着けていたものを、すべて取り戻していた。

もうへそがスースーしていない。左腰に差していた大小も、きちんと下げ緒で袴紐《はかまひも》につながっている。懐をまさぐれば、煮干しをしのばせている懐紙もあった。

「戻れた、正真正銘のそれがしに」

正確にいえば、人に戻っていないのだから正真正銘というのは少々大袈裟《おおげさ》だが、この朝はそれぐらいよろこびが大きかった。

「かたじけない、黒猫よ」

どこかでニヤニヤと笑って見張っているのではないかと思われる猫股に対して、生真面目な宗太郎はしみじみと謝意を表したが、

「お花や? どこだい?」

というお染の声に、三《み》つ鱗《うろこ》の形の耳が動きを止めた。

「いかん、お染どのが来る」

着衣を身に着けていたとしても、東屋にとって宗太郎が見知らぬ雄であることには変わりなかった。この姿では、もう花には見えまい。

「しかも、草履で縁側に立っていた」

宗太郎は、急いで庭に下り立った。

お花や、と繰り返し声に出して白猫をさがしているお染の声に後ろ髪を引かれる。

清一郎夫妻の話していた、猫の祟りというのも引っかかる。

「しかし、お縄になるようなことがあっては父上に顔向けできないゆえ……」

この場に留まることはできなかった。

宗太郎は大きい図体を小さく屈《かが》めて、勝手口から裏通りへと駆け出した。

納豆売り、浅蜊《あさり》のむき身売り、豆腐売り。

江戸の町に朝を告げる物売りたちが大通りから路地へと練り歩き出す前に、今はただ、一目散に走るしかなかった。

五

小間物屋東屋からほうほうの体《てい》で逃げ帰った宗太郎は、その足で吉蔵のいる木戸番小屋を目指した。

東屋は大門通りに面する長谷川町の北東の辻にあったが、こちらの木戸番小屋は人形町通りに面する南西の辻にある。

「おや、猫先生。おはようございます」

「おはようございます、吉蔵さん」

「今日はえらく早いですね、お出かけですかい？」

吉蔵は眠たげに目をしばしばさせながら、朝顔の植木鉢に柄杓《ひしゃく》で水をまいていた。

「いや、そういうわけではないのですが……」

宗太郎は吉蔵が売っている荒物をざっと見回し、さほど必要でもなかったが、とりあえずひとつを指差した。

「……その、もぐさが切れていたので」

「はいはい、もぐさですかい。肩か腰でも痛めましたかい？　夏場のお灸《きゅう》は汗をかきますでしょう」

今日も、朝から暑い一日になりそうだった。

ここへ来る途中で、宗太郎は『ひゃっこい、ひゃっこい』の売り声に誘われて、冷や水売りから水を買っていた。

この場合の水とは、白玉団子入りの砂糖水のことだ。錫《すず》や真鍮《しんちゅう》などの涼を誘う椀《わん》に入って、一杯四文。八文、十二文となるにつれて、白糖の量が多くなる。

甘党の宗太郎は、いつも十二文の冷や水を買っていた。

その冷や水売りが町内を一周し終えて木戸番小屋の前を通りかかったので、宗太郎は呼びとめて、吉蔵に一杯おごってやった。

もちろん、十二文の冷や水である。

「うへぇ、なんですかい。こりゃ、甘すぎますな」

気を利かせたつもりだが、こういうのはありがた迷惑と言うらしい。

さて、土間の床几《しょうぎ》にどっかりと腰を下ろしたものの、もぐさも買ってしまい、冷や水もおごってしまい、宗太郎にはもうやることがなくなってしまった。

できれば、生き字引の吉蔵から東屋の話が聞きたいのだが、

『ゆうべは大変でしたね。あのあと、眠れましたか？』

と、唐突に切り出すのもおかしい。昨夜の宗太郎はただの白猫だったので、木戸番小屋にはいないことになっているからだ。

『小間物屋東屋さんについて、少々教えてもらいたいのですが』

これだと大上段すぎる。

『実は迷い猫の依頼で、今、白猫をさがしているのですよ』

これだ。そう思った宗太郎が口を開きかけたと同時に、吉蔵がしゃべりだした。

「そういや、猫先生、最近の三光稲荷はどうですかい？」

「どう、と言いますと？」

「新顔で、白猫を見たことはありませんかい？」

「白猫……」

「猫先生みてぇな泡雪の。いえね、ゆんべ、立派なふぐりをぶら下げた野郎を見かけましたんでね」

宗太郎は顔から耳から真っ赤になったが、はたから見れば顔も耳も白く毛深い顔のま

まなのだろう。

「むかしね、三光稲荷にもいたんですよ、真っ白い猫がね。そいつは雌でして、お花って呼ばれてましたね」

「花……」

お染が飼っていたという白猫のことだ。

いや、でも、三光稲荷にいたというのはどういうことであろうか？

「二匹の仔猫を連れた母猫でした。あとにも先にも、あんなきれいな白猫は見たことありませんよ」

「花は、誰かに飼われていたわけではないのですか？」

「捨て猫です。あるお内儀さんによって、母子ともども捨てられちまったんです」

「お内儀さんによって？」

吉蔵が盆のくぼを叩く。

そのときのことを思い出しているのだろう。そして、それがあまりいい思い出ではないのだろう。

吉蔵は、眉間にしわの寄った険しい顔をしていた。

「あっしもね、お花のことは長いこと忘れてたんですよ。なんせ、もう二十年も前の話です」

「二十年も？　そんなにむかしの話なのですか？」

「へえ。ですからね、お花が帰ってくるなんてことは、あり得ねぇんですよ」

　猫の寿命は、この時代では長くても十年だ。それ以上長生きしていると、いずれしっぽが二股に裂け、猫股に化けると言われている。

「ほかの忘れちゃいけねぇことはどんどん忘れてくのに、忘れてもいいことをいつまでも覚えてるんですから、人ってェのは因果なもんです。お内儀さんも、もうさんざん苦しんだでしょうにね」

「苦しむ？」

「あっ、いえ……」

　吉蔵が口に手を運んで、しゃべりすぎたという顔をした。

　今の話のお内儀は、お染のことで間違いない。

　二十年前、お染どのは花を捨てた。それゆえに、長年……、今も苦しめられているということであろうか？

　清一郎夫妻は、猫の祟りだと言っていた。

「吉蔵さん。何かお困りでしたら、〝猫の手〟を貸しますよ」

「いやぁ、あっしは何も困っちゃいねぇんですよ。ちょいとばかり、なんですかい、寝不足になるってェだけで」

そう言うと、吉蔵ははたきを手にして木戸番小屋の中を掃除しはじめた。

それでも、宗太郎は帰ろうとしなかった。金色の目でじっと背中を追いかけていると、吉蔵もさすがに居心地が悪くなったのか観念したようだった。

はたきを置いて、宗太郎の隣に座りこんだ。

「猫のことは、猫先生に相談するのがいいでしょう」

「それがしは猫ではなく人ですが」

「お花を捨てたのは、ここ長谷川町に住む背負い小間物屋のお内儀さんでした」

宗太郎は、黙ってうなずいた。

「このお内儀さんってェのが苦労人でしてね、旦那が女にだらしねぇのだらしなくねぇの、まぁ、あれです。背負い小間物屋ってェのは色男が多いでしょう?」

女人相手に鏡や櫛《くし》などを売り歩く背負い小間物屋は、江戸ではもっぱら色男が多い。女人の求めるものをなんでも売る商いのため、艶っぽい川柳が詠《よ》まれることが多いが、野暮堅い宗太郎はそのあたりの意味をちゃんと理解していない。また、理解しないでもいいことだった。

「あちこちにコレがいたそうですよ」

吉蔵が小指を立てた意味、コレはわかる。

「で、そん中のひとりのとこで白猫が仔猫を産んだ。ところが、コレのとこにはもうすでにいっぺぇ猫がいて、『そんなには、あたし面倒みれないわぁ』ってんで泣きつかれた。さぁ、背負い小間物屋どうする」

吉蔵の口ぶりが、だんだんと噺家《はなしか》のようになってきた。

「『よっし、おいらに任せとけ』ってんで、コレにいいところを見せたくて、背負い小間物屋は白猫母子を連れて帰った」

「ほう……」

「ですけれどもね」

と、吉蔵が途端に声を落とす。

「お内儀さんから猛反対されるんですよ。お内儀さんにしてみればね、旦那とコレがナニしてソレしてるのをさんざん見ていただろう猫を、家ん中に入れたくなかったんでしょう。まぁ、それもわからなくもねぇですけどね」

猫に罪はないのはわかっていても、割り切れないものがあったに違いない。

「お内儀さんが旦那に黙ってお花を三光稲荷に捨てちまったのは、寒い冬のことでしたっけね。長谷川町は犬好き猫好きが多いんで、この話はまたたく間に町内に知れ渡りました。直後に、お花も仔猫たちも三光稲荷から姿を消したこともあって、お内儀さんは猫殺しだってんで、当時、外も歩けないほど責められてました」

宗太郎は言葉を失った。

「お内儀さんのこの仕打ちを、お花は恨んでるんでしょう」

その小間物屋は今もお花に祟られていましてね、と吉蔵は言う。

「倅夫婦に、子どもができねぇんですよ。せっかく興《おこ》したお店も、後継ぎができなきゃ身代を残せねぇ」

「そんな馬鹿なことがあるものか！」

宗太郎は大声で否定したが、店全体を黒い布帛《ふきん》で茶巾絞りにしたような東屋の澱《よど》んだ空気を思い出した。

「あれは……、猫の祟りによるものだと？」

不意に、木戸番小屋のすぐ前の道で乾いた羽音が聞こえた。

蟬がひっくり返って鳴いていた。

力尽きて、夏木か柱から落ちたのだろう。

野良の白雉猫が朝日に瞳を細くして、その蟬をくわえて、走り去っていった。


その日、夜が更けるのを待って、宗太郎は三光稲荷へやってきた。

夏の盛りだけあって、日が暮れてからも江戸八百八町はちっとも涼しくなることはなかった。

立っているだけでも額に汗が浮かぶようだったが、宗太郎は狐像のそばに長いことたたずんでいた。

しかし、境内には招き猫が並んでいるだけで、鉢割れ猫の千代紙や太鼓持ちの雉猫の兄弟たちが姿を現すことはなかった。

「ふむ、誰もいないか」

杉森稲荷では、毎晩、猫の祭りをやっているそうだが、三光稲荷ではやっていないのであろうか？　それとも、見えない、聞こえないだけなのであろうか？

ただの白猫から、一応は人の括りの奇妙奇天烈な白猫姿に戻った今、宗太郎はもう猫たちの世界を垣間見《かいまみ》ることはできないのかもしれない。

「少し、寂しいがな」

猫嫌いだったはずが、すっかりあやつらに肩入れするようになってしまっていた。

猫好きまではいかないにしても、苦手意識がなくなっただけ成長した。町ぐるみで犬好き猫好きを公言する長谷川町の住人として、少しだけ胸を張れるようになった。

「その上で、ここ三光稲荷で二十年前に何があったのかを知りたい」

吉蔵から聞かされた東屋の話は、人側から見た真実だ。

猫側から見た真実も、知りたい。

「黒猫」

宗太郎は、闇に向かって呼びかけた。

「黒猫、どこかで見張っているのであろう？　話がしたい」

風が吹いた。

祠を囲む赤い幟《のぼり》が静かに揺れ出し、生温い風にのって、切れ切れに祭り囃子《ばやし》のような音色が聞こえてきた。

「猫の祭りか？」

宗太郎は三つ鱗《みうろこ》の形の耳をそば立てた。

金色の目をこらし、二本脚で立つ猫をさがした。

松葉に似たひげをうごめかして、猫の好きな酒のにおいを嗅ぎ取ろうとした。

どれだけのときをそうしていたか、

「……わからんな」

気配はするものの、境内の結界を越えることはできなかった。

それがしは猫ではないと言い続けながらも、猫に近づこうとして必死になっているおのれが滑稽に思えて、

「ワッハッハ」

と、宗太郎はやけっぱちな笑い声をたてた。

すると、頭上から声がした。

「石部金吉でも笑うのだな」

「ぬ？」

宗太郎は声を頼りに顔を上げ、首をめぐらし、鳥居の上で煙管を吹かしている黒猫を見つけた。

「いた、黒猫。そこはいくらなんでも罰当たりであるぞ、下りて来い」

「下は足の踏み場もないぞえ」

「招き猫でか？」

「踊っておる猫どもで」

「なんと、ここで猫の祭りが催されているのか？」

「毎晩やっておるとも」

宗太郎は両手を伸ばしてあたりをうかがったが、毛深い手が何かに触れることはなかった。

それでも、そうか、ここ三光稲荷でもやっていたのか、と宗太郎はたまらなくうれしくなった。頭に手拭いをのせて踊る二本脚の猫たちが、なんとしてでも人に化けたいと思う理由を知っているからかもしれない。

「ワッハッハ」

と、宗太郎は今度は心から笑った。

「雪が降るか」

「降るまい、夏であるぞ」

「そういう意味ではないわい」

「黒猫、ゆうべはいい修業をさせてもらった」

「そうかえ」

黒猫が、ぷかぷかと紫煙を吐いた。中身は、きっと木天蓼《またたび》だ。漂うにおいを吸いこまないように、宗太郎はそっぽを向いて深く息を吸った。

「黒猫。ひとつ、むかし話を聞かせてもらおう」

「ひとつ、話してやろう」

「二十年前の話だが、猫股のそこもとならば覚えているのではないか。ここ三光稲荷に捨てられた、花という白猫のことだ。花は、お染どのを祟るほどに恨んでいるのであろうか？」

「猫殺しは、大罪ぞ」

人でも、猫でも、命を奪う行為は大罪だ。

それは、宗太郎にもわかっている。

「むかしのことよ、長谷川町の背負い小間物屋の内儀が、ここ三光稲荷に暮らす白猫母子に食べ物を運んでいたことがあった」

「それは、お染どののことか？」

「母猫は、内儀は自分たち母子を捨てたわけではないと言っておったわい。助けてくれたのだとな」

宗太郎は一語一句聞き漏らさないように、三つ鱗の形の耳をそばだてた。

「訳あって、ともに暮らせば憎しみは募る一方。ならば、町の人々に大事にしてもらうほうがよかろうとな」

「お染どのが、花にそう言ったのか？」

「名など知らん。ただ、母猫は、朝晩食べ物を運んでくれる内儀のために人に化けようと踊っていたわい」

「それなのに、どこに姿を消した？」

「死んだ。もともと、あまり丈夫ではなかったのであろうな」

宗太郎は息を呑んで、あずき色の肉球のある手を握り締めた。

たかが野良猫の死を聞かされただけなのに、何ゆえ、これほどに胸が苦しいのか。

「仔猫たちも、死んだのか？」

「あの兄弟は元気にしておる。元気すぎて困るわい」

「元気にしている？　今も、ということか？」

白猫母子の話は、二十年も前の話のはずである。

「あの兄弟も、そろそろしっぽが裂けるころではないかえ」

「それは、猫股に化けるということか？」

「近ごろ、あやつらの尻の魚が動いていることがある」

「尻の魚？」

　どこかで、そんな話を聞かされた。

『オレの右の尻のここには、魚の形の黒い斑があんだろ？　兄貴にも同じ場所に同じ魚の形の黒い斑があんだよ、見たことあるかい？』

　小間物屋の出の兄弟を、宗太郎は知っている。

「折り紙と千代紙か！　あの兄弟は、花の子どもなのか！」

「若造。わしはひとつだけ、むかし話をしてやると言った。いくつも話してやるほど、お猫好しではないぞえ」

「いや、これはいくつもではないであろう。ひとつの真実を訊いているにすぎない」

　宗太郎は、夜陰ににじむ黒猫の次の言葉を待った。

「黒猫」

「…………」

「黒猫？」

「…………」

「黒猫！」

「ハッ、なんぞ？」

「寝るな。これだから猫は、どこでもすぐに寝る」

「猫は、寝子《ねこ》だからのう」

「そこもとは猫は猫でも、猫股であろう」

「で、なんの話であったか？」

「もういい。あらかた知りたいことはわかったので、ここからは猫の手屋として、それがしが東屋さんに手を貸そう」

東屋に猫の祟りがあるわけではないことがわかっただけで、十分である。お節介の焼きがいのある案件になりそうだった。

「猫の手屋、よきことかな」

「それがしも、そう思っている」

宗太郎は、おのれの〝猫の手〟を見つめた。

悪くない手である。小さくても、この手で誰かの役に立ちたい。役に立っていかなければならない。

「黒猫、それがしは百の善行を積んでみせるぞ。そこもとらが七より大きい数がわからなくてもかまわん。それがしが、そうしたい」

世のため、人のため。

ひいてはおのれのため、猫のため。

猫の手屋宗太郎、〝猫の手〟貸します。

＊

ある日の、早朝。

「御免」

長谷川町内のとある長屋の腰高障子の前で、宗太郎は凜《りん》とした大声を張りあげた。

すぐに腰高障子が開いて、はしこそうな男が顔をのぞかせた。

「おはようさん、猫先生」

「おはようございます、国芳どの」

当代きっての人気絵師、歌川国芳だ。

国芳は宗太郎の奇妙奇天烈な白猫姿をざっとながめてうっとりとしてから、

「猫絵ですよね、ちょいとお待ちを」

「いつもかたじけない」

「よしてくださいよ、この世の鼠に礼を言いてぇくらいですよ。おいらに猫絵を描かせてくれて、ありがたいの浜焼きってなもんです」

陽気に言って、国芳が四畳半に駆け戻っていった。

それと入れ違いに、国芳が飼っている猫たちがしっぽを立ててぞろぞろと出てくる。

「むむっ」

「ニャー、ニャー」

いつもなら腰が引けてしまうところだが、今朝の宗太郎はぐっと踏みとどまった。

「おはよう……、猫たち」

「ニャー、ニャー」

「ふむ、何を言っているかわからないのは不便であるな」

脛《すね》に寄りそってくる、もっとも小さい三毛猫の頭を、宗太郎はこわごわながら撫でてやった。存外、やわらかい。温かい。

三毛猫が、ごろごろと喉を鳴らした。

「はいよ、猫先生。おっと、よかったな、ちびの進《しん》。猫先生に頭撫でてもらうと、お前、七十五日長生きするんだぜ」

「それがしは初物ではないのですが」

「初物以上ですよ、猫先生は」

国芳が両手を合わせて、宗太郎を拝んだ。

長谷川町では、近ごろ、宗太郎が猫神であるというこそばゆい噂がじわじわと広まりつつあった。大方、三升屋から話を聞いた猫の托鉢僧《たくはつそう》こと、中村雁弥《かりや》の仕業であると思われる。

「覚えておれよ、雁弥め」

「おう？」

「あ、いやいや。それより、国芳どの、今朝も団扇絵《うちわえ》を描いておられたのですか？」

宗太郎が四畳半を見やると、紙くず買いが目の色を変えそうなほど、反故《ほご》にした紙が散らばっていた。

「いやぁ、ありゃ肉筆画です。大門通りの東屋さんに頼まれましてね」

「東屋さん？　小間物屋の？」

「そうです、そうです。白猫の掛け軸を一幅描かせてもらってるんですよ。若旦那からは色絵具にには糸目はつけねぇって言ってもらってるんですけどね、白猫じゃそんなに色は使わねぇ。いっそ、紙の色を使ってどうにかできねぇかって頭ひねってるとこでね」

東屋の若旦那というと、清一郎のことだ。

宗太郎は、何食わぬ顔で訊いた。

「東屋さんは、何ゆえ白猫の絵を所望したのでしょう？」

「それが、お花が若旦那のおっ母さんの夢枕に立ったらしいんですよ。あぁ、お花ってぇのは、東屋にむかしいた白猫らしいです」

「夢枕に……」

「おっ母さんが言うにゃ、えれぇでっけぇ白猫が縁側につくばって『ありがとうごニャいます』って鳴いたとか鳴かねぇとか」

「『ごニャいます』とは言っていない」

「あれ、この話、猫先生もどこかで聞いたことがあるんで？」

「いやいや、ないとも」

東屋さんに、風は吹いたのであろうか？

額に浮かぶ汗を手拭いでぬぐって、宗太郎は話の先をうながした。

「それで？」

「なんでも、むかし、東屋とお花の間には因縁があったようなんですけどね。そのえれぇでっけぇ白猫ってのが、そうじゃねぇんだって、東屋を見守ってるんだって、涙ながらに訴えたとか訴えねぇとかで」

涙も流していない、と宗太郎は内心で突っこんでおく。

「で、まぁ、それがおっ母さんには大層うれしかったようで。そういうことなら、もう怖がるのはやめて祀《まつ》りてぇって話になったみたいです」

「ほう」

「ここだけの話、そのおっ母さんって人、ちっくり頭がぼんやりしてきてるらしいんですよ。だから、若旦那はどうせ夢だろうって言ってます」

「夢なものか」

「ですよね。おいらも言ってやりましたよ、これは猫の恩返しなんですよ」

「ええ、そうなんでしょう」

宗太郎は間髪を容《い》れず、うなずいた。

よくよく考えれば、おのれこそが猫に祟られているような身の上だが、宗太郎の周囲には常に風が吹いている。それは向かい風のときもあれば、追い風のときもある。どんな風が吹こうとも、構わない。猫耳東風《ねこみみとうふう》。松葉に似たひげで風を読み、立ち止まらずに前へ進んでゆく。

この朝は、一段と日差しが強かった。

国芳の長屋を出た宗太郎は、手拭いをひょいと頭にかぶって、踊るような足取りで三日月長屋へ帰るのだった。

この作品は、集英社文庫のために書き下ろされました。

集英社文庫

猫《ねこ》の手《て》、貸《か》します　猫《ねこ》の手屋繁盛記《てやはんじょうき》

2014年10月25日　第1刷　　定価はカバーに表示してあります。

著　者　かたやま和華《わか》

発行者　加藤　潤

発行所　株式会社 集英社

東京都千代田区一ツ橋2-5-10　〒101-8050

電話【編集部】03-3230-6095

【読者係】03-3230-6080

【販売部】03-3230-6393（書店専用）

印　刷　図書印刷株式会社

製　本　図書印刷株式会社

フォーマットデザイン　アリヤマデザインストア　　マークデザイン　居山浩二

ISBN978-4-08-745243-3 C0193